短歌の作り方、教えてください

俵 万智
一青 窈

角川文庫
18365

短歌の作り方、教えてください

目次

まえがき

今回、文庫化されるということで少しビックリしているが
とても嬉しい。
(短歌ファンがじわじわと増えているということだろうか?!)
実はこの連載を終えて以来、まったく短歌を書いていないのだけれども
あれから、俵さんと旅を何回かご一緒させて頂いた。
そのたびに、言葉の摑み方が素敵だなといちいち感心してしまうのだ。
微細なことをきちんと鷲摑みして
どんなミクロな感情でもさらりぽんっと日常のテーブルに差し出す。
そのさまは子供の頃に憧れたマジシャンのようでもある。
俵さんの言葉に触れると
日常のいろんな匂いや温度が感動となって立ち上がり
私の目の前にそれはそれは新鮮に広がる。

国語の授業で習ってはいたけれども
五・七・五・七・七のリズムは

私たちにとって馴染みが深いわりに
いざ作ってください、と言われるとなかなかうまくまとめられない。
機会を逸していてなかなか踏み出せなかった領域。
それが短歌でした。
世の中には誰かが何かにあてた
たくさんの伝えたいことだらけで溢れていて
その中から言葉という媒介を選び
三十一文字におさめる作業はちょっとした企みのようでもある。
私は書かれている文字以外の世界を垣間みることができるのだ。

俵せんせいには「お褒め」というより「驚き」の声を頂き
とても楽しく進めることができました。
このようなご縁を授けてくださった杉岡さん
角川学芸出版の皆様、ありがとうございました。
日曜日、短歌を書いてみませんか。

一青　窈

対談

俵 万智 × 一青 窈

「短歌の作り方を教えてください」

文語は難しい

一青　私は学生の頃、詩をよく読んでいたのですが、歌集としてこう凝縮されたものが立て続けにいっぱいあると時々くらっとしてしまうんです。あまりにも情報量が多くて。
俵　密度が濃いってことですね。
一青　それが、なかなか読み進められない理由でもあります。
俵　そうですね。一ページに三行しか書いていなくても、普通の小説や詩の三行とは濃さが違いますね。でも、ぱらっとめくって気に入ったところを一首読んでみるとか、今日は一ページだけ読もうとか、それくらいの感じで読んでもらってもいいと思います。
一青　今回俵さんとお会いする機会があって、さらに歌を作ってみることに挑戦しようということになって、それが古語なのか何なのかよくわからないのですが、昔学校で勉強した「ありおりはべりいまそかり」というのを思い出したんです。でも、そもそもあれってなんの活用だったのかわからないままに終わっていて、「あり、おり」ぐらいまではなんとなく想像できるし、「はべり」もようやく想像できる。でも「いまそかり」までいくと……。
俵　「いまそがり」は私も使ったことないですね（笑）。短歌って千年前からあるので、お手本を見ると、その時代その時代の書き言葉で書かれていて、つまり「ありをり」が普通に使われていた時代ならその言葉を使って書かれているわけですよね。私は、今は今の時代の書き言葉でいいっていうのがひとつの基本方針です。でも古くからの言葉は五七五七七になじみがいいということもあって、今の自分の書き言葉をよりなじませるために、「なり」とか「けり」などを特に文末に持ってくるということはありますね。

一青　リズムということでしょうか。使い方が、読んでいる場合にはいいのですが、英語みたいなもので、ヒアリングはできてもスピーキングは苦手な状態なのです。あと例えば、俵さんの歌集を読んでいて、「向く」を「向きおれば」と変化させていくことなんて、どういうタイミングでするのかなって思うのですが。

俵　おお、それはもう作る側の人の質問ですね。「向きおれば」は向き合っていると、という意味です。

一青　それって昔からあった言葉なんですか？

俵　「おり」は古い言葉ですね。

一青　それは過去形？

俵　いや、「おり」なら現在形ですね。それから、この「ば」というのがとても便利なんですね。例えば「しておれば」は、「していると」とか「しているので」などの意味になります。難しく思われるかもしれませんが、必ず使わなければいけないというものではないし、それこそ英語に耳がなれるように、たくさん読んでいるうちに、「ああ、こうやって使うのか」とわかるようになってきて、それから使ってみるのがいいと思いますね。やっぱり最初に文法から入ってしまうと、がんじがらめになってしまうから。日本語ではあるけれども、身近な外国語を学ぶように、古い短歌を読んでいるうちに身に沁みてきて使い勝手がわかってくると思うので、あまり最初の入り口で立ち止まってしまわないほうがいいと思います。

一青　「しておれば」じゃなく「おらば」というのもありますよね。

俵　授業みたいになってきました(笑)。その「おら」は未然形だから「しているならば」という仮定の意味になるんですね。「おれ」のほうは已然形。これは割と文法で間違いやすいところですね。未然形プラス「ば」は仮定で、已然形プラス「ば」は確定、高校の文法なんかで出てきます。

一青　ありました、ありました(笑)。

俵　已然形が今の日本語にないから余計に間違いやすいんですね。

一青　あと「君が欲し」で終わる場合、この「欲し」も「欲しい」ではなく「い」がはぶかれているのは、著者の感覚なのですか？

俵　「欲し」は古語です。「欲しい」より、キリッとした感じが出せればと思って使いました。

一青　あとわからなかったのが、「見つめていしに」の「いしに」という言葉。この「いし」はなんだろうと。謎な言葉がたくさん出てきて（笑）。

俵　それは過去ですね。そうか、私は口語の人と思われていますが、意外と文語も入っていることに、一青さんに読んでもらって今自分でも気がつきました（笑）。

一青　どこまでが自由な表現で、どこまでがちゃんと勉強している人ならばわかる文法の部分なのかということがなかなかわからなくて、ひょっとしたら私がやみくもに作ってしまったらすごく失礼な短歌ができるのではないかと思ってしまったのです。

俵　いや、それはないですよ。その謙虚な気持ちを大事にしつつ、「やみくも」にもなってほしいですね。今お話ししたみたいな文法であれば古語辞典の後ろの方の、古典文法のページに助動詞の活用なんかが書いてあるので簡単に調べられます。だけど、その活用表を眺めていたからといって、すぐに使えるわけじゃないですよね。とりあえずはご自分が歌詞を書くときに使っている日本語で作り始めてもらって心配ないと思います。

歌詞と短歌の違い

一青　私は歌詞を小説と俳句や短歌の間くらいにあると捉えていて、ある程度物語のはじまりから終わりまでシーンが描けるんですね。でも三十一文字だとたくさん切り取っていて他の余白で想像させるところが多いから、ものすごく素材を投げられた感じがあって、難しいなあという感想を持ったのです。

俵　連作という方法で、十首とか三十首とか並べることでひとつの世界を作るっていうこともできますよ。

一青　連作には決まりがあるのですか？

俵　数は自由です。三首でも五首でも七首でもいいし、そのまとまりごとに世界を作るという方法も可能です。短歌を初めて作る人が陥りがちなのは、一首の中にものすごくたくさん要素を詰め込んでしまうことですね。小さな器に何もかも詰め込もうとすると窮屈になってしまうから、焦点を絞って削ぎ落としていくのは大事ですね。

一青　俵さんは詩は書かれるのですか？

俵　詩はないですね。ただ依頼されて歌の歌詞はなんどか書いたことがあります。

一青　やっぱり形としては短歌が好きですか？

俵　そうですね。一番違うなと思ったのは、短歌は言葉一〇〇パーセントで出来上がっていて、それはそのまま読者の手に渡りますよね。歌詞の場合は、それに曲がついて歌う人が表現してということがあるから、むしろ私の場合は歌詞の方が、全部言い切らずに手渡す勇気がいるなあと思ったんです。私は言葉の国の人（笑）なので、全部言葉で言わないと気が済まない感じがあって、そうするとじゃあ歌詞を読めばいいじゃんってことになってしまうんですよね。それは実際歌詞を書いてみてすごく難しいなあと思ったところでしたね。

一青　その余白みたいな部分を誰かに投げてしまうという作り方もあるんでしょうか。五七五を作って、七七だけ誰かに投げるとか。

俵　それに近いものに歌仙というのがあります。でも短歌は、基本的に一人が五七五七七を作るものですね。短いものだから、読者がまわりの切り取った部分を想像して完成するという面もあるんですけれども、でもそれも含めて、やっぱり言葉だけで伝えているわけです。歌詞のように、曲とか歌う人の表情なんかでおぎなうものが短歌にはないので。

一青　それから、自分のことを「吾《あ》」といいますよね。あれは古い言い方なんですか。

俵　万葉集からある古い言い方ですね。「我」はもうちょっと古くないイメージで、「私」は今かな。身も蓋もなく言ってしまうと、私は主にリズムを整えるためにそのへんは使い分けていますね。

一青　短歌の世界では「吾《あ》」というのはスタンダードなのですか。

俵　ちょっと古い感じがするかもしれませんが、子供のことを親しみをこめて「吾子《あこ》」と言ったりもしますね。でも、そのあたりもこういうのを使わなきゃいけないんじゃないかっていうよりは、いろんな言い方があるっていうのが日本語の豊かさだから、若い人が着物を今風に着るみたいに、楽しんで使えればいいと思いますよ。

一青　「吾《あ》」に対して「君」の昔の言い方ってあるんですか？

俵　「背《せ》」とかね。「吾が背」なんて風にも使いますね。でも今あまり使っている人はいないかも。そうとう意図的に古めかしく使う感じですね。私も「背」は使ったことないな、「君」まではあるけど。あと「夫」と書いて「つま」という言い方がありますね。

一青　そうなんですか。面白いですね。

俵　そう。面白いと思って使う、レトロな感じを楽しむっていうのかな、そういう意味では古い日本語を今使う面白さはあると思いますね。

一青　今の人たちの言葉遣い、例えば短くして言うとか、「じゃん」でもいいのですが、そういうのを使うのは、音楽界でいえばヒップホップみたいな感覚なんでしょうか。

俵　そうですね。今の話し言葉をそのまま使うこともありなんですけど、一般論としては今一番新しい言葉というのは、一番腐りやすい言葉でもあるんですね。そこに賭けてあえて使うっていうのだったらありだと思います。私は流行語大賞の選考委員をしているのですが、鮮度の高いものほど腐るなあというのを実感するし、言葉が遠ざかるスピードが年々早まっているようにも思いますね。

一青　それは、この百年とか人間が生きているスパンで見ると腐ると思うけれども、『万葉集』くらいの時間を経ると、「じゃん」とか「どんだけ～」すらも、いつかいい言葉とか、レトロな使い方をされたりするのでしょうか（笑）。そのあたりが自分も歌詞を書いていて、やっぱりこれは百年後も残って欲しいなと思えば、どうしても使わない言葉、今流行っているけれども使わない言葉が出てきたりします。それこそ「ポケベル」が流行った時代に、いつかこれは替わるものが出るだろうと思いましたし。

俵　使わないようにしましたか？

一青　はい。そういう言葉を選ぶジャッジメントがシビアになるのかなと思っているのです。

俵　今の言葉とか固有名詞を使うときは、ひとことで今の気分が捉えられるというメリットと、百年後の人に伝わりづらくなるというデメリットと両方あって、覚悟がいりますね。私の歌でも最初の歌集の『サラダ記念日』だと、「東急ハンズ」とか「カンチューハイ」という固有名詞があったりするんですけれども、やっぱりあの時は「デパート」とか「お酒」などの普通名詞では伝えられないなと思ったので、そういう風にしました。でも一番大事なのはそこに表現されている〝想い〟だと思うんですね。その〝想い〟が百年後の人と共有できるものであれば、註をつけてでも読んでもらえる。カンチューハイ＝当時流行った缶入りの炭酸アルコール飲料、みたいなね（笑）。だからその辺はメリットデメリットがあることを常に意識しつつ、確かな〝想い〟がそこに込められていれば、読者の人にカプセルは開いてもらえると思います。私達も今、古い歌を読んでいて、簾など今はあまり使わないものが出てきても、簾が出てくる歌の想いは共有出来るわけですからね。

古典の面白さ

一青　万葉集の魅力って多分言い尽くせないと思うのですが、俵さんにとってその時代がものすごく〝想い〟を共有できるということなんですか？

俵　古典を読む面白さというのは、例えば恋の歌だったら、今の時代とすごく違うなあ、携帯電話があればこんな事態にはならないだろうなっていうのもあるし、逆に人を想う気持ちって変わらないなあというのがあります。『万葉集』の中に、

君待つと我が恋ひ居れば我がやどの簾動かし秋の風吹く

というよく知られた歌がありますが、これはあなたを恋しく思って待っていたら簾が動いて、それは風が吹いただけなんだけれども、もしかしてと思ってはっとしたわけです。でもそうじゃなかったという歌ですが、相手を思う気持ちがなければ風が吹こうが簾が動こうがなんでもないわけですよね。相手のことを想っているからこそ、簾を動かす風にもはっとするという。例えばそういう感覚は今でもすごく共感できますよね。でも現代だったら携帯をかけて「どこにいるの？」なんて言えるわけだし、あるいはマンションに住んでエアコンをかけているような生活なら簾自体を使うこともないわけです。古典を読むっていうのは、その両面が面白いんですよね。

一青　万葉集ってきちんと読もうとするとどれくらい時間がかかるんでしょうか。

俵　数はかなりありますね。現代語訳や鑑賞つきのものも出ているので、興味を持たれたならぜひ読んでみるといいと思います。

一青　学生の頃読まされましたよね。ちっとも覚えていないのですが（笑）。

俵　万葉集でもなんでも、古典の授業では恋愛物は避けて通るというのがよくないんだなあ。

一青　なるほどそうですね。『万葉集』というと枕詞の勉強のイメージがあります。あと「ひねもす」って言葉があったなあとか（笑）。

俵　一青さんは言葉好きな方だから、古い言葉を面白がって使ってみるのもすごくいいと思います。だって「もらい泣き」なんてほとんど死語になりつつあった日本語をあんなに新鮮に使われているのですから。古い言葉を一青さんが使うことで、また新しい新鮮な言葉として歌の中で息づいたら、それは素敵なことだと思います。

一青　もともと私は歌謡曲が好きだとか、懐古趣味的なところがあって、演歌も含めて意識的に半ば確信犯でやったりもするんですけれど、音楽の世界には短歌の世界の万葉集ほどのバイブルがないし、歴史が脈々としてあるがために私は「もらい泣き」を使いましたとかそういうことではないので、あまりにも自分が無知すぎてほんとに失礼かもしれないとまず思ったんですね。

俵　短歌を作ってみるということに対して？

一青　そうです。万葉集の「ま」も知らずに、テストの点をとるためだけに覚えていたことだけで、短歌をつくることに取りかかるためには、もっとしっかり勉強しなくてはいけないいんじゃないかと思ったんです。

俵　まあ、なんという誠実な（笑）。そういう気持ちで誰もが歌を作り始めればねえ（笑）。その気持ちはすっごく大事だと思うんですけれども、一方で短歌っていうのは今の自分の気持ちを表すひとつの表現方法なんですね。五七五七七以外は決まりがないんです。俳句には季語というのがありますが。私も学生時代に佐佐木幸綱先生に会って最初に言われたのは、五七五七七以外は決まりがないよっていうことだったんです。でも作り始めると、今までの人はどんな風に作っていたのかなって興味が出てきますよね。その過程で、こんなやり方もあるのか、と。作る側になって読んでみると、ただの読者とは違う視点でみられるから、それは作り始めることと並行して、いろいろと読んでいくっていうのがいいと思うんですけどね。最初にこれとそれとあれとを読んで、この文法を修めなくては作れませんというのではないと思います。

一青　俵さんの『チョコレート革命』はもうタイトル勝ちって感じがします。私にとって、例えば作詞家の阿久悠さんが「ペッパー警部」を書かれた時点で敗北なんですよね（笑）。それぐらい、キャッチコピーのような破壊力と言えばいいのか、そんな力があるなあと、僭越ながら思います。

俵　ありがとうございます。「チョコレート」も「革命」も元々ある言葉ですよね。私達は言葉を発明することはできないけれど、組み合わせは自由で無限、なんですよね。その組み合わせを三十一文字の中でしていくことでそういう力が生まれるっていうことが面白いし、いろいろ組み合わせを楽しんで欲しいなと思うんですけれども。

基本的に日本語は七五調

俵　一青さんには、これだけ言葉があふれているのだから、それを五七五七七の網で掬っていったらすごく楽しいんじゃないかなって思って、歌詞を読ませてもらいながらとてもわくわくしたんです。

先日テレビで一青さんが一所懸命歌詞を書いているところを拝見したのですが、大体メロディーが先に作られることが多いのですか？

一青　そうですね。初期の「もらい泣き」などは、ためていた歌詞がたくさんあったので、そこから何篇か渡して曲を作る方がインスパイアされて作るというやりとりだったんですが、だんだんリリースが続くとストックも尽き、アイデアも供給に追いつかなくなってくるから、曲を先にいただいてから触発されて歌詞を作ることの方が多くなってきました。

でも二年くらい放置されれば、またたくさんためて詞が先にというのも出来ると思います。詞が後というのは、今のサイクルっていうだけの話で、どちらが先でも出来ると思います。

俵　なるほど。曲があっても自分の中に何もなかったら詞は出てこないですものね。でもあれはすごい。すでに短歌のトレーニングをしているんじゃないかって気がしました。曲ってほぼ字数が決まっているわけですから、そこに言葉を入れていくのだとすれば、今回五七五七七の曲をもらったと思えば、いくらでも短歌ができるんじゃないかなという気がするんですけど。

一青　そういえば五と七ってすごく多いはずなんですよ、歌詞にも。

俵　そうですね。なんで五と七かっていうと、日本語の名詞には二文字が多くて、そこに助詞が一文字入るでしょ。二と二をつなぐ間に一文字入ると五文字になるっていうのが一つの説ですけれども。

一青　なるほど。「愛の歌」とかですね（笑）。

俵　だから難しい文字数ではないと思うんですよね。

一青　あと英語っていうのはあまり見かけないのですが、取り入れる方もいらっしゃるのですか？

俵　ありますね。ビートルズの歌のタイトルだけで五七五七七にしてみるだとか。もちろん一部を英語にしたり、それはありだと思いますが。中国語はどうかな、あまり見たことはないですね。

一青　漢字になってしまいますもんね。造語だけで作ることもありますか？

俵　だけというのはつらいと思いますが、自分で考えた言葉を使うというのはありますね。斎藤茂吉の「逆白波《さかしらなみ》」などそうですね。伝わる迫力があればＯＫでしょう。あとはオノマトペなども、自分なりに作ってみるというのもありだと思います。

一青　『チョコレート革命』の中には山田かまちさんについての短歌もありましたが、それもすごく面白いなと思ったんですが。

俵　山田かまちの書いたものを見ていて、ああ、この人が短歌を作っていたら面白いだろうなと思いました。でも彼はもういないから、私がなりかわってみようと思って作ったんですね。

一青　何か海外の物語とかを短歌で訳してみるのも面白いかもしれませんね。

俵　五七五七七を自分のものとするトレーニングとしても、いいかもしれませんね。昔の歴史上の人物になりかわって歌を詠んだりする人もいます。

歌を作りやすくするために

一青　どうしてもとりあえず書いてみようと思って書くと、へえ、だからどうした的なものに陥りがちで、そうじゃなくて何かふくらみをもたせるためにはどうしたらいいんでしょうか。

俵　自分の〝想い〟を出発にすることじゃないかと思いますが、例えば、旅の歌は素材がたくさんあるから、作りやすいといえば作りやすいのですが、浅いところでまとまってしまうと、絵はがきや旅行のパンフレットみたいになってしまいます。短歌って何も書いてなかったら主語は〝私〟なんですね。だから、その風景なり出会ったものなりに自分がどう関わったかということがひとつないと、その人のオリジナルな歌というのは、成立しにくい。旅の歌は数作るには作りやすいけれども、この場所でこの人にしか詠めない一首を得るというのは意外と難しいということを感じます。でも吟行のように歌の素材を探しながら歩くというのもいいトレーニングだと思います。実際小池光さんは歌をつくるために散歩に出るそうですよ。そこで出会ったものに触発されて歌をつくるスタイルです。

一青　俵さんは歌を作るためにどこか出掛けたりはしますか？

俵　私は意外としないんですよね。たまたま買い物に行っているときに浮かぶとかいうのはあるんですが、歌のためにっていうのはあんまりしないタイプですね。生きていること自体が、ある意味全部歌の種なので、野菜を炒めていても、あっと思うことがあれば歌につながっていくと思うんです。

一青　素材を探して美術館に出掛けていくとかもなさらないですか。

俵　私はあんまりないですね。食べることが好きなので、ああこの野菜が元気になってきたなっていうところで季節感を感じたりだとか、身近な日常の小さな部分に取材することが多いかな。短歌はそういう小さな素材も詠めるし、それこそ戦争と平和というような大きなテーマも詠めるし。でもはじめるには今一番興味のあるところからというのがいいと思いますけどね。好きな小物や、最近買ったお気に入りのものの歌でもいいし。

一青　笑える歌ってあるんですか。

俵　自分ではそのつもりじゃなくても、笑われたというのはありますね（笑）。私は深刻な歌のつもりだったんだけれども、

おまえとは結婚できないよと言われやっぱり食べている朝ごはん

という歌が、「爆笑の失恋歌」と書かれて（笑）、

私はそうとう悲しい気持ちで詠んだのに。こんなひどい目にあったのにまだお腹がすくなんて悲しくないですか？

一青　悲しいです。

俵　そんな悲しい気持ちで作ったのに「爆笑の」と言われてしまいました（笑）。

一青　真剣さって時にシュールに笑える時ってありますよね。

私は歌詞をつくるために、きっかけを求めてつねに暇さえあれば美術館に行ったり、映画や芝居を観たりしています。ただ歌から触発というのはあんまりないんです。

俵　私も短歌を読んで短歌を作ることはないですね。

一青　お話をしていて少し短歌を作る勇気が湧いてきました。文語を使わなくても短歌は作れる。でも、古い言葉を使っている方が私は美しく感じることが多いのです、何故か。

俵　確かに文末表現は「～だった」というより、「なり」や「たり」の方がなじみがいいですよね。

一青　「なり」は「である」？　「たり」は「であった」？

俵　「たり」は完了ですね。今は「た」という語が過去も完了も受け持っています。例えば「昨日夢を見た」は過去だけど、「やっとついた」は完了で、過去のことを言っているわけではない。昔は分かれていたんですね。それどころか、過去の助動詞にも何種類かあって、「き」は自分が体験した過去や確実な過去で、「けり」は人づてに聞いたことに使うとかですね。

一青　へえー。

俵　伊勢物語の「昔男ありけり」は、「昔こういう男がいた」とされている過去の話をするよということで、「昔男ありき」だと「昔こんな男がいてさ」という自分の知っている男の話、覚えている過去なんですね。今はそんな区別ないですけれどね。

一青　なるほどー。アニメでもコロちゃんとか「なんとかなり」とか言ってましたけどね。よく使われてますよね。

俵　おじゃる丸とかね。まあ、そういうのを楽しんでくれればいいと思うんです。あとは新仮名遣い、旧仮名遣いの違いもあります。今日を「けふ」と書いたりします。広辞苑の見出しの下に出ているカタカナを見てもらえばわかりますが、その方がいいなあと思えばそれでもいいと思うし。

一青　全然見てなかったですね。

俵　意外と知られていないんですよね。広辞苑の見出しの下にはちゃんと旧仮名が書いてあります。「なり」、「けり」を使っていても今の仮名遣いでも全くかまわないし。まずは今の仮名遣いから始めればいいと思います。

一青さんの歌詞から短歌を作ってみました

俵　今回私も一青さんの歌詞を読んで感じたことをお話しさせてくださいね。まず、「翡翠」という曲の「五分進んだ時計」っていう細部のリアルさ。「進みがちな時計」ではなく「五分」という細部へのこだわりですね。それと「待ちこがれていた意地悪な甘さ、をもうひとつねだった」。これは、ものすごくオリジナルな表現です。だって「意地悪な甘さ」っていうのがね、しかもそれを「ねだる」。そのオリジナルな表現と、最後の「いつかじゃなく今がいい」という強い気持ち、この三つがあれば怖いものはない。

一青　怖いものはない、そうですか（笑）。

俵　もうこれが五七五七七にのっていれば、って思いました。具体的な表現というのは読む人がイメージしやすいですよね。しかも表現がオリジナルで、それを支える強い想いがある。これ三つ揃っているなあと思って読んだのですけど。

一青　なるほど。

俵　だから短歌に即して言うと、意外とサビの部分というのは短歌になりづらいなと思いました。サビの部分はいいメロディがついていてここぞという歌唱があって伝わる言葉だから、その言葉っていうのはある程度そちらに託している言葉なんだと思うんですよね。だから短歌はサビだけでは難しいなと思ったんです。絶対出来ないとは思わないんですけれども。

反対に、一首の短歌をサビにした歌ってすっごく暑苦しいと思うんですね（笑）。そのままメロディつけて歌われたら暑苦しいって感じになるような気がして。

一青　ある程度、ちょっと恥ずかしくなるくらいの普遍性を持っていたりする方が、例えば「愛してる」でもいいのですが、ぐっときたりするのが歌の不思議なんですよね。

俵　それから、実は今日私は、一青さんの歌詞で短歌を作ってきました。

一青　ほんとですか!?　ありがたいです。

俵　私は思いを代弁することは出来ないので、あくまでも五七五七七にするヒントになればということで。新しい「**茶番劇**」という歌から。

私ごと彼を逮捕してほしい二時間待って言われたゴメン

　2時間待ち
貴方に言われたご免！は何処か軽く聞こえたわ
まるで私二の次みたいで
出会い頭、帳尻合わす。
あなたばっかじゃないの忙しいの
同じめに合わせて遣りたいとこだわ
　逮捕して彼を　いっそ私ごと

逮捕止めて愛を　ア・ア・ア　とんだ茶番劇

作詞　一青　窈　「茶番劇」より抜粋

一青　あー、なるほど。

俵　このフレーズ「逮捕して彼をいっそ私ごと」でも五七五になっているんですけどね。最初これをそのまま使っていたけれど、上から読むと少しわかりづらいかなと思ったので。このフレーズがすごくいいなと思ったのは、彼を逮捕して欲しい、私を二時間も待たせてという怒りの気持ちがあるんだけど、逮捕されたら離れてしまうわけですよね。だから私ごとっていうところがすごく切なさがあって、いいフレーズだなあと思って。だから下の句はもう少し深刻で具体的な状況が来ても短歌の場合ならいいかもしれないですね。私歌詞の中から「二時間待って言われたゴメン」というのを拾いましたけれど。あとこれ歌詞では「ご免」は漢字になっていたんですよね。

一青　でも、この場合はカタカナなんですね。

俵　そうですね。軽いっていうことが、歌詞ではおぎなえるけれど、短歌では軽いって言えないから、「ゴメン」ってカタカナで書いた方が軽い感じが出るかなと思ってカタカナにしました。

一青　「言われたメンゴ」とかだともっと軽いですね、業界の人かな、みたいな（笑）。

俵　それもいい工夫かも、軽さを強調する（笑）。「私ごと彼を逮捕してほしい」というのは、強い思いとオリジナルな表現だと思うので、あとは重い上の句を支える具体的な状況があればいいと思うんです。それで一首ができるかなと。

一青　言われなければわからないですね。

俵　あと「**どんでん返し**」の曲でいいなあと思って作ったのが、

散る散ると満ちるが空に広がって幸せのように消えてく花火

心の浮き輪の空気
抜いた途端 end
夏越しの恋だったけれど
友達になった
いつか名前だけになっても
あなたの残り香
夜空きれいに打ち上がった花火（散る散ると満ちるだ!!）

作詞　一青窈「どんでん返し」より抜粋

一青　う～ん。そこを拾ってくださって嬉しいです（笑）。作っている途中から制作陣に、

「これ必要なの？」ってずっと言われてたんです。その「散る散ると満ちる」が一回消されて、「いや、これは本当にチルチルとミチルで青い鳥を探している感じが基調になっているので」と言ったら、「ああ〜」みたいに言われて（笑）。

俵　そうなんですか（笑）。これはすごく面白かったですね。花火が散って、でも何かこう空に満ちていくという感じ。こういう言葉遊びも短歌では私はすごく大事なことだと思うんですね。

一青　ああ、嬉しい（笑）。

俵　その散る散ると満ちる＝チルチルとミチルという連想から、幸せを探すという、この一首の下の句は私が触発されて付け加えちゃったのですが、幸せってそういうものかなっていう。でも花火のような幸せってしちゃうとつまらないんですよね、ぱっと咲いては消える花火のような幸せってしちゃうとすごく普通になってしまうので、幸せのように消えてく花火とすることで、幸せっていうのはこういうものだって自分が思っているということが伝えられる。この「散る散ると満ちる」はすごく面白かったです。

一青　呪文みたいにも聞こえますしね。

俵　そうですね。漢字で書いてみると、花火を表しているのだけど、音で聞くと幸せを探していた「青い鳥」の中のふたりという。修辞的に言うと、掛詞ですよこれは。

一青　出来るんですね、自分の歌詞からでも。

俵　いや、ある意味いくらでもできるような感じがしました（笑）。

それから「**今日わずらい**」の中で、「使い道のない景色」というフレーズがすごくいいなあと思って作りました。

肩透かしのままなら使い道のない景色と思う鬼灯市も

思いつき、鬼灯市並んで歩く
使い道ないけしき
ねじ曲げた切符ごと、終わらせて　突き返し
願い道

作詞　一青　窈「今日わずらい」より抜粋

これはやっぱり「使い道ないけしき」という言葉遣いのオリジナリティに懸けている歌ですね。

一青　最後に色があらわれて素敵ですね。

俵　あっそうですね。デートの舞台になる素敵なお膳立てがあっても、気持ちが肩透かしのままだったら使えないぞっていう感覚を、使い道のないって表現する感覚が素晴らしいなあって思いました。だからこれなんかもひとつ見せ場があれば意外とそれで歌は成立し

ちゃうので、三つも四つも詰め込まなくていいんですよね。「使い道のない景色」、が浮かんだら、もうそれを生かすために五七五七七があればいいかなっていう感じですね。これもまた「使い道のない景色と思う」という想いと、具体的なデートの舞台が読む人に浮かびますよね。これがただ、「肩透かしのままなら使い道のない景色は役に立たない」で終わってしまうと、「ああ、そうですか」って感じになってしまうけれど、「鬼灯市」という具体的な場面の切り取りがあると思いがすごく伝わるっていうのかな、そんな気がしますね。

あと言葉遊びってことで言うと、**「いろはもみじ」**の中からとった言葉で、

はつ恋はいろはにもみじ彼氏とはよべないまんまにほへともみじ

いろはもみじ
にほへもみじ　ずるいあたし、を
どうか
いろはもみじ
にほへもみじ　怒らないで叱って　はつ恋もみじ

作詞　一青窈「いろはもみじ」より抜粋

これなんか散文では成りたたないけれど、五七五七七に入っていることで、成立しちゃうっていう。それくらい五七五七七を信じてもいいかなという例です。「彼氏とは言えないまんまにほへともみじ」、なんだそりゃって思うけど、でも五七五七七にのっていると童謡みたいな感じでいいですよね。

一青　言葉遊び歌みたいですね。

俵　「いろは」っていうのは日本語でいうとものの はじめっていう意味合いがありますよね、だから「はつ恋」というのと、すごくうまく合っていて、いいなあって思いました。

一青　歌を書いたときに、どこを漢字にするとか、ひらがなにしようという違いもありますよね。

俵　それも楽しみながらでいいと思います。もともと歌は耳で聞いていたものだから、本来は耳で聞くだけで、全てひらがなで伝わるものなんだけれども、今は活字で最初に読まれることが多いですから、どうせ使うんだったら自分の納得のいく、より伝えやすい、漢字、ひらがな、カタカナでやってみるのがいいと思いますね。

しつこいですが、あと少しだけ（笑）。「**面影モダン**」の中から。

ぷっつりととぎれた電話向かい側のホームの鳩の会話みたいに
　　　　あなたがくれた曖昧さ

誰ゆずりか、も
ぶっつり途切れた電話
牡丹が凍る
1、2年はなんとなくなんとなく焦らされてダンス
葡萄色の帽子落とし
向かいのホーム　先頭に鳩の会話
聴こえなくなる

作詞　一青窈「面影モダン」より抜粋

この「向かいのホームの鳩の会話」という、その感覚がすごくいいなあって思ったんですよね。それと電話が切れたというのを組み合わせたんですけれど。こういう観察プラス想像力っていうかな、ほんとに鳩の声が聞こえていなくても、こうやって言葉で言ったら鳩は会話しているんですよね。歌ではこういった例えや比喩も大切です。

これはそのまんまと思われるかもしれませんが、

ハナミズキ空を押し上げ咲く五月ふたりが百年続きますように

空を押し上げて

手を伸ばす君　五月のこと
どうか来てほしい
水際まで来てほしい
つぼみをあげよう
庭のハナミズキ
（中略）
君と好きな人が
百年続きますように

作詞　一青窈「ハナミズキ」より抜粋

これはやっぱり空を押し上げてっていう動詞の細かいところがすごくいいなあって思ったのと、ハナミズキの映像の具体性と「ふたりが百年続きますように」っていう想いの取り合わせですね。

一青　「咲く五月」になるんですね。

俵　そうですね、このへんはやっぱり言葉をカットしないと入らないという（笑）。でも、作り続けていると、五七五七七ってどうにでもなるっていうと変なんだけれど、意外と大丈夫。

字余りでも

一青　どうしてもこのリズムがまだ身体に入っていないから、「ふたりが百年続きますように」を、ちゃんと五七五七七に入れ込まなくちゃいけないのか、どうなんだろうと悩んで、「続くよに」とかってしちゃいそうな気がするんですが。

俵　なるほど、するどい指摘ですね。基本的には五七五七七にのっていた方がいいと思うんですけれど、これはあまりにも名ゼリフなのでこのまま生かしました。今までは全部五七五七七にしていたけれどこれだけは私もいじりようがなかったんです（笑）。だからどうしてもっていう思いがあれば、字が余ったり足りなかったりするのはありなんですよね。余るとか足りないというのは何故感じるのかといえば、五七五七七があるからなんですね。五七五七七の最初の五が四だと、がくってした感じがするんですけれど、それを効果として入れればありですよね。あと逆に最初の五がはみ出ているとすごく強い感じになるとか。河野裕子さんの歌に初句が「たとへば君」という歌があります。「たとへば君」は六音できつい感じがするのですが。それはやっぱりきついことを言おうとしている迫力がありますよね。

たとへば君　ガサッと落葉すくふやうに私をさらつて行つてはくれぬか

という恋の歌なのですが、これは六だという効果がありますよね。
一青　この強さってクレイジーケンバンドの「俺の話を聞け」くらいの破壊力がありますよね（笑）。
俵　そうですね。「たとへば君」って言われたら「はいっ、なんでしょうか」て答えてしまいそうなね（笑）。
一青さんは言葉の使い方に独創性があるから、それを生かしていったらすごく面白い歌ができると思いますね。好きだったけれど私は上手く歌にできなかったフレーズで、「運命につねられたみたいに」っていうのがある。すごくいいですよね。ぜひこれで一首つくっていただきたい（笑）。恋っていうのはそうだなあって思って。
一青　そうですよね。
俵　「運命がつねった」っていう唐突さとヒリヒリ感、どうしようもない感じが出ているフレーズだったので。
今あげたものの他にも、一青さんの歌詞からいくらでも歌ができました。

甘いモノ苦手な君を祝うためハンドメイドのお寿司のケーキ

これは「どんでん返し」の歌詞からそのままとりました。

一青　このフレーズもそうなんですが、「の」が二回出てきますよね。ハンドメイド「の」お寿司「の」ケーキ。先程の向かい側「の」ホーム「の」鳩「の」会話とか。その「の」がいっぱい出てくるというのが慣れていないんですよね。

俵　「の」は、一番なめらかに言葉をくっつけてくれるんです。確かにパソコンで短歌を打ち込んでいると、《「の」の連続》とかってパソコンからダメ出しが出るんですよ（笑）。でも佐佐木信綱の名歌、

ゆく秋の大和の国の薬師寺の塔の上なる一ひらの雲

なんて全部「の」ですよね。この歌は、まず「ゆく秋の」と大きく詠って、次に世界から「大和の国の」にいって、「薬師寺の」とさらに絞って、「塔の上なる一ひらの雲」と、「の」でつなげていって、だんだんフォーカスが雲にぴたっとあたる。これは極端な例だけれど、全部「の」でつながっていても一首は成立するんですね。この歌なんかもパソコンで打ったらダメって出るかもしれませんが（笑）。

楽しく作っていきましょう

俵　最初は五七五七七が身体になじまなくて五七……と指を折って作っていく感じだと思うのですが、そのうちしばらくすると初期症状として何を見ても五七五七七に見えてくるというのがありますね。

一青　そうなんですか。

俵　そうなったら作る数を増やしていったらいいと思います。

一青　最初は自分の歌詞から作っていった方がいいのか、それともさらりと作っていった方がいいのか、どうなんでしょうか。

俵　両方やってみていいと思いますね。ひとつの楽曲で伝えようとしたことを、一首で伝えようとするとぎゅうぎゅう詰めになってしまうと思うので、私がやってみたように、例えば「運命につねられたみたいに」というところだけピックアップしてそこから膨らませてみてもいいと思います。今まで作ってこられた歌詞というのは短歌の言葉の宝庫でもあると思いますので。そのひとつのフレーズとか、ひとつの景色を切り取って、今まで歌詞につむいだ思いを乗せてみる。

あとは歌詞もそうだと思うけれども、全部あったことそのままじゃなくても、まったく大丈夫です。実際具体的なものに取材したり、よく見るということも大事だけれど、それだけでも歌にならないんですね。こうあって欲しいということをこうあって欲しいと詠んだのではゆるくなってしまうので、こうあって欲しいと思ってその絵が浮かんだら、それはあったことでいいと思うんですよね。

あとはそれこそ何かお芝居を観たり、映画を観たことで触発されたものを歌にしてもいいし、もっと日常的に気に入ったものがあってそれを眺めて作ってみてもいいと思います。

（平成二十年三月十九日収録）

往復書簡
実作レッスン①〜⑪

第一回　まずは五七五七七に――短歌の種の見つけ方

一青窈さんの五首

実は（P.9～の）対談中にほのかなアイデアたちをしたためていたのです。俵さんと初対面させて頂いた私は、この高揚感にあやかってただいま、キッチン横の木のテーブルにてPCと格闘中です。左手にシャンパンで、ホロホロしています。会話の中に転がっていたフックを拾って書いてみました。宿題の五首です。

◎笹でなくとも蒲鉾ぐらい飾り切る勢いであなたなばた祭り

◎とんねるずっと眺めしがらがらコンビニの夜食のとぐろ巻き

◎のの連続でダメ出しうるさい私の彼の好き好き嫌いのコンピューター

◎いよいよ逆立ちしたイイワケ？彼の親友にあらほら探し愛《かな》し

◎運命につねられ誰《た》が決めおり背広のタグのクリーニング札にジェラシー

俵万智さんの返信

■笹でなくとも蒲鉾ぐらい飾り切る勢いであなたなばた祭り

私が対談の日持っていった笹蒲鉾から、連想を広げてくださったんですね。「イキオイデアナ　タナバタマツリ」下の句が七七に収まっているところがすごい。ただ上の句が、少しわかりづらいかも。笹蒲鉾があるから、笹はなくても、これを飾り切りして、その勢いで二人、「あなたなばた祭り」っていうのを開催しちゃおうよ、というような意味あいでしょうか。「でなくとも」「ぐらい」を整理して、歌意というか状況を伝える上の句にしませんか。下の句が、言葉の勢いで伝えるタイプの表現なので、こういう時は、上の句は読者に親切すぎるぐらいでもいいかと思います。

■とんねるずっと眺めしがらがらコンビニの夜食のとぐろ巻き

とんねるずの「ガラガラ蛇がやってくる」っていう、あの歌が隠しモチーフになってるんですね。「とんねる」「がらがら」「とぐろ」が掛詞として作用しているのが、おもしろかったです。こういう言葉遊びがメインの場合は、五七五七七のリズムはきちっとしたほうがいいと思います。言葉をつかった技を見せるわけですから、まずは定型に収めることをして（これも技のうちなので）、そこから遊びをスタートさせてみてください。

■のの連続でダメ出しうるさい私の彼の好き好き嫌いのコンピューター

対談の日に話題になった「の」の連続をパソコンのソフトがダメ出ししてくるという話が、もとになってできた歌ですね。ちなみに私のソフトは「ら抜き」なども指摘してくれます。これも、やはり五七五七七に収まるよう工夫してみてください。まずは定型のリズムを自分の味方にすることが、はじめの一歩として、とても重要です。「字余り、字足らずもアリ」と言いましたが、定型あってこその「余り」であり「足らず」なので。「彼の好き好き嫌いの」のところが、私にはわかりにくかったです。

■いよいよ逆立ちしたイイワケ？彼の親友にあらほら探し愛《かな》し

くどいですが、五七五七七にしてみましょう。最初は窮屈に感じられるかもしれませんが、慣れてくると、意外と伸縮自在の形式です。いや、カタチは伸び縮みしませんが、言葉のほうが伸び縮みするんです、これが。同じことを言うにも、何通りもの言い方がありますし、語順を変えたり、助詞を工夫したりしているうちに、器に収まっていきます。「でも、どうしてもこの言葉じゃないとダメ」という場合もあるでしょうが、極論すれば「三十一文字以下の言葉」なら、入れようと思えば必ず入ります。その言葉の入れ場所を決めてから、前後をふくらませたり刈り込んだりするのも一つの方法ですね。この歌は、背景にドラマを感じますが、「逆立ち」が、何の比喩になっているのかがわからず、読みきれませんでした……。

■運命につねられ誰《た》が決めおり背広のタグのクリーニング札にジェラシー

「運命につねられた」は、絶品の表現だと思うので、ぜひ短歌のなかでも生かしたいですね。「運命につねられたみたいに恋をした」というコンセプトは、いかがでしょうか。恋って、ほんとうにそういうものだと思うので、個人的にはそのセンで作ってほしいという（あくまで希望ですが）気持ちです。下の句は「この人は、自分でクリーニングに出すような人じゃない。ということは、誰か（女性）が出したにちがいない」というような意味で「ジェラシー」なのかな。こういう「背広のタグのクリーニング札」というような、具体的で細かい観察は、短歌のなかでとても生きますので、これからも、どんどん取り入れてください。上の句と下の句、それぞれ魅力的で濃い内容なので、別々にふくらませて二首にしてみませんか。

【全体を通しての感想】

一回目としては上々の滑り出しだと思いました。まずはいきなり五首という勢いに、うれしい迫力を感じます。この調子で、ぜひお願いします。私自身も作りはじめのころ、佐佐木幸綱先生から「とにかく作れるだけ、数を作りなさい」と言われました。数をこなすことで、理屈抜きに五七五七七のリズムが身につきます。言葉そのものから着想を得るタイプの歌が多いのは、一回目だから自然なことと思いますが、五首目の「タグ」みたいな身近な観察眼を生かしたものや、折りにふれての「思い」なども、だんだん入ってくるといいですね。お気に入りの小物のこととか、街を歩いていての発見とか、料理しながら感じた季節とか……今を生きる一人の女性の日常のなかに、短歌の種はたくさん落ちていると思います。さらに、仕事をしている一青さんの日々にも。現代歌人には、さまざまな職業の人がいますが、一青さんのような仕事をしている人は、たぶん皆無だと思います。ということは、ある意味チャンスです。誰もまだ歌ったことのない世界、というと大げさですが、それを日常として味わっているということは、実はすごい強みです。まあ、最初からあまり欲ばったことを言うのもなんですが（って言ってしまっていますが）要は、心が動くところならば、すべて歌につながるということです。今は、ＣＤのプロモーションやコンサートの準備などで、大変お忙しいと聞きました。その本業をふくめ、ぜひ短歌な日々をお過ごしください！

一青窈さんの改作

書き直してみました。ただいまブータンに居りましてなんだか自分を見つめる時間だらけです。

◎笹にカマかけたぶんだけ飾り切る勢いであなたなばた祭り

笹でなくとも蒲鉾ぐらい飾り切る勢いであなたなばた祭り　←

◎コンビニの灯り届かぬガラ悪のとぐろ巻き巻きトンネル'Sたち

とんねるずっと眺めしがらがらコンビニの夜食のとぐろ巻き　←

◎連続「の」駄目出しならばコンピュータ私の彼の先生ですの

のの連続でダメ出しうるさい私の彼の好き好き嫌いのコンピューター　←

◎突き止めて逆立ちしたのイイワケが誰が親友のあら探し馬鹿

いよいよ逆立ちしたイイワケ？彼の親友にあらほら探し愛《かな》し　←

運命につねられ誰《た》が決めおり背広のタグのクリーニング札にジェラシー　←

◎薬指光隠して運命につねられたのは両の望みよ

◎痛いのは外し忘れのせいでなくあなたの背広色違うタグ

◎スケジュール埋めてゆくのは違う声私ばかりが何故に忙し

俵万智さんの返信

ブータン！　観光客を制限しつつ自分たちの暮らしを大切にする……そんな賢い国のイメージがあります。「キラ」とか「ゴ」っていう民族衣装が素敵なんですよね。自分を見つめる……まさにそれは短歌を作ることそのもののような気がします。一首作るよりも、作ってしまった一首を直すことのほうが、実は難しかったりします。なのに、のびのびと、いい方向に手直しされたものが戻ってきて、うれしくなりました。

■笹にカマかけたぶんだけ飾り切る勢いであなたたなばた祭り

「カマをかける」という新たな言葉のアイテムが加わって、恋の歌としてドラマが生まれました。この「含み」をもってよしとするか、もう少しシンプルな内容にするか、迷われるところですが、たぶん一青さんは「含み」のある歌のほうが、うまくいきそうな予感がします。言葉好きだから。

■コンビニの灯り届かぬガラ悪のとぐろ巻き巻きトンネル'Sたち

意味も風景も、ぐっと鮮明になりましたね。「ガラ悪の」のところが、やや詰め込んだ感じですが、「がらがら」が使えなくなったら「ガラ悪」で、きたか〜と感心もしてしまいました。ガラガラ蛇へのこだわりですね。

■連続「の」駄目出しならばコンピュータ私の彼の先生ですの

これも、すっきりして、よくなったと思います。最後の「の」は語調を整えるためだったのかもしれませんが、主題である「の」ともリンクして、味を出していますね。このように、五七五七七に収めることと目当てでした改変が、意外な効果をもたらしてくれることって、結構あります。

■突き止めて逆立ちしたのイイワケが誰が親友のあら探し馬鹿

「あらほら探し」に「あら探し」が入っていたんですね。気がつきませんでした……。五七五七七に収めることによって、意味を伝える勢いがついた例だと思います。ただ、まだ下の句が、私にはわかりにくく、上の句の「突き止めたら言い訳が逆立ちした」という面白いイメージをふくらます方向に、もっていけないかなあと考えます。

■薬指光隠して運命につねられたのは両の望みよ

五七五七七としつこく言っておいてナンですが、こういうときは「薬指の」と、きちんと「の」を入れたほうが、かえってすっきりします。「の」って、たぶん一番使われる助詞で、なめらか～なので、あまり邪魔な感じがないんです。逆に、あるはずの「の」がないと、舌足らずな印象を与えてしまいます。前置きが長くなりましたが、これ、いいですね。「運命につねられた」が生かされてて。「両の」というのは、お互いの、二人の、という意味でしょうが、ちょっとわかりにくいかな。そのまま「二人の望み」と、まとめてもいいかもしれません。

■痛いのは外し忘れのせいでなくあなたの背広色違うタグ

クリーニングのタグで、別に一首作ることにトライしてくれたのですね。初句から、だんだんと謎解きしていくような語順になっているところが、面白いと思いました。「タグ」がつけっぱなしになっていることではなく、色が変わっていることが「痛い」つまり、誰かが自分とは違うクリーニング店に出したことに気づいてしまった……。こういう日常的な行為に嫉妬っていう感覚、すごくリアルでいいですね。それをつけっぱなしにしている「背広」の主の、おおらかさというか無頓着さまでが表現されています。

■スケジュール埋めてゆくのは違う声私ばかりが何故に忙し

仕事をする女性の一面が出ていて、いいですね。女のほうが忙しいというところに、すごく「今」を感じます。「違う声」という表現も、面白いと思いました。欲をいうと「何故に」を削りたい。「何故に」と思うからこそ、歌を作ったのだと思いますが、それを直接言わずに「何故に！」という苛立ちを伝えられたら、ベストです。こう言うと、新たなむずかしい表現が必要かと思われがちですが、まずは「何故に」をカットしてみます。するとそれだけでも、ずいぶん印象が変わるし、かえって「何故に」が伝わるという現象も珍しくありません。言葉って不思議ですね。

　ではでは、この調子で、ブータンでの歌や、そこで見つめた自分についての歌なども、ぜひ作ってみてください。

第二回　楽しみながら推敲を

一青窈さんの三首

先日はＬＩＶＥ（編注：一青窈ＣＯＮＣＥＲＴ ＴＯＵＲ ２００８「Ｋｅｙ～ＴａｌｋｉｅＤｏｏｒｋｅｙ」）見に来てくださってありがとうございました。「ママ友」という言葉をリアルで聞いたのは初めてで言葉は使われて生きるものだなぁ、と改めて感じました。

◎どうもしない路の脇にはどうかした君、の手の相　母が相性

ただいまin鹿児島です。デパートをうろうろしてたら親子にＧＯＤＩＶＡのチョコをもらいました。しわしわのおばあちゃんがいつまでも手を握るのでひさびさに胸がぎゅうっとしました。

◎野次写メラー　長く伸びるは　片手のきりん　ｕｐｕｐで　あきはばらばら

友達と電話してて切り際に悲鳴が聞えた時に掛けなおすかどうかドキドキしてやめてしまう。何が起こったか確かめたいけれどたしかめきれない。そんな人間の根性ってなんでしょうね。

◎祈り込め山に旗めく赤青黄　犬は糞して　人は結して

ブータンはチベット仏教で、犬が生まれ変わりの最後のステージだとされるらしく道路では犬が我が物顔に歩き、それを避けて車が走っていました。「ルンタ」と呼ばれるカラフルな布には経文と宝珠を背負った馬の絵が描かれていてそれもまた、そこかしこで目にしました。風が人々の願いを天に届けてくれるそうです。

俵万智さんの返信

LIVE、素敵でした！　一緒に行ったママ友もメロメロでした。

鹿児島といえば、おいしい焼酎ですね（ツアー中は禁酒かな?）。以前、現地の人に料理を習ったことがあります。砂糖を、たっぷり入れるのがごちそうだそうで、ケチケチしていると「あの人は砂糖船が遠い」って言われちゃうのだとか。おもしろい表現ですね。

■どうもしない路の脇にはどうかした君、の手の相　母が相性

「どうもしない」と「どうかした」の組み合わせが、魅力的。結句「母が相性」が、わかりにくかったです。結句に新たな要素を持ち込むより、君の様子のほうを、表現上、強化したほうがいいのでは、と思いました。どんな手相だったのかとか（運命線が切れてるとか、結婚線がたくさんあるとか？）、あるいは、君の手のまわりの描写とか（腕時計とかシャツの袖とか）、そういうのがあると、イメージしやすくなるかと思います。

それとは別に、ごくストレートに「いつまでも手を握るおばあちゃんの歌」というのも、読んでみたいです。

■野次写メラー　長く伸びるは　片手のきりん　ｕｐｕｐで　あきはばらばら

「片手のきりん」というオリジナルな表現に惹かれました。首を伸ばして、写メールを撮っている野次馬（野次キリン？）たちの、あさましさ。それと同時に、現実の把握がすごくバーチャルな人たちの持つ呑気さゆえの怖さみたいなものが、よく出ていると思います。「野次写メラー」は、意味がぎゅうぎゅうなので、少しほぐして「写メールを撮る野次馬」とか「携帯電話で写す人たち」ぐらいのほうが、わかりやすいですね。で、その人たちは、秋葉原に生息する「片手のきりん」だ、という歌にもっていければ、この言葉が、より生きるのではないかと思います。

■祈り込め山に旗めく赤青黄　犬は糞して　人は結して

上の句、確かに、確かにそうなのでしょうが、こうしてまとめて表現してしまうと、妙に観念的というか、絵葉書っぽくなってしまうのが残念です。いっそ「ブータンにルンタはためく……」として、ルンタについては注をつけるという手もあります。この、「ルンタ」という異国の言葉の響き、とても素敵ですね。

下の句は、大らかで、いろんなことを考えさせてくれます。こういう下の句と、布がはためいている情景との取り合わせは、なかなかいいと思いました。

一青さんの短歌、そろそろかなあと待っていたところでしたので、嬉しくなって、ソッコウ返信してしまいます。どうぞ怖がらないで(?)楽しみながら推敲してみてくださいね。

一青窈さんの改作

そして私は那覇に到着。

最近は焼酎の梅干しお湯割りが好きです。地元のイベンターさんに、とにかくすごい(何が?)というユタを紹介して頂いたものの私の滞在時期が祭事と重なりその方に会う事ができませんでした。神様に呼ばれてなかったのかしら……ざんねんです。

どうもしない路の脇にはどうかした君、の手の相　母が相性　←

◎どうもしない路の脇にはどうかした君、の手の相　涙か雨か

野次写メラー　長く伸びるは　片手のきりん　upupで　あきはばらばら　←

◎携帯を高く掲げた秋葉原〈片手のきりん〉助けも呼ばず

祈り込め山に旗めく赤青黄　犬は糞して　人は結して　←

◎ブータンにルンタ旗めく赤青黄　犬は糞して　人は結して

俵万智さんの返信

沖縄は、もう飛び立たれた後でしょうか。ユタの方に会えなかったのは、もしかしたら、もう一度ゆっくり来るようにという神のご配慮かも。私も、今年は沖縄によばれていて（といっても、勝手に行っているだけですが）お正月と春休み、子どもと一緒に滞在していました。沖縄で息子が知ったこと……「水牛は、かつおぶしくさい」「なまこは、触るとパイパイみたい」「イルカのひれは、堅い」。匂いとか感触って、実際に出会ってみない

とわからないものですね。短歌でも、こういう実感は大事にしたいなあ、などと思いつつ。

さて、今回の推敲ですが、すごくうまくいっていますね。

■どうもしない路の脇にはどうかした君、の手の相　涙か雨か

結句、こういうふうに、するりと抜ける手もあったなあと思いました。「どうかした君」の表情を見て「涙か雨か」というわけですね。ただ、この推敲の結果、今度は「手の相」が、やや浮いてしまうという事態が……。案外こういうことは、よくありますので、それほど恐れないでも大丈夫です。一箇所直すと、はじめはおさまりのよかったところが、気になってくる。ならばまた、そこを繕えばよいのです。「手」までは、いいと思うのですが「相」まで限定してしまうと、視線がてのひらに固定されますよね。それを生かすつもりで、もう一度結句を考え直すか、新しい結句につなげるために「相」をあきらめるか、どちらかかと思います。それと「涙か雨か」は、演歌っぽくて抵抗を感じる人がいるかもしれません。その危惧は抱きつつ、私は、上の句からの流れでなら生かせるのではと期待しています。

■携帯を高く掲げた秋葉原〈片手のきりん〉助けも呼ばず

この上の句は、実にうまくいきましたね。自分の目でファインダーを覗かず、手を掲げるだけでケータイに撮らせている無責任な感じがよく出ているし、「きりん」の説明とい

うか比喩の理解を助けてくれるし。必要にして充分な要素が、きちっと盛り込まれています。「掲げた」という動詞の選びかたにセンスを感じました。ただ、このままだと、頭から読んでいったときに、一瞬、携帯を掲げたのが「我」なのかなと思われるかもしれません。その誤解を避けるためにも、「秋葉原」のあとに「の」を入れたほうが、いいと思います。あとは結句をどう考えるか……。無責任に写真を撮るばかりで、救助にはまったく力を貸さない人への怒りや批判というのは、よくわかります。それをどうしても言いたいということでしたら、「も」では感情があらわに出すぎるので、「助けを呼ばず」で、おさめてはいかがでしょうか。あるいは、〈片手のきりん〉までで、充分に怒りや批判は出ているし、助けを呼ばずにそういうことをしているというのは読者にも伝わるので、結句はもう少し別の展開もあるかもしれません。では、どういう展開かというと、これも結構むずかしいのですが。あまり欲ばらずに、さらっと風景などを描写するぐらいが、〈片手のきりん〉をひきたててくれるかもしれません。この歌はもちろん、六月の秋葉原での無差別殺傷事件に触発されたものでしょうが、単なる時事詠を越えて、現代のある一面を鋭く切りとった作品になっていると思いました。

■ブータンにルンタ旗めく赤青黄　犬は糞して　人は結して

そうか、こうすれば「赤青黄」が絵葉書になりませんね。ルンタを提案しておきながら、気づきませんでした。推敲する前と同じ第三句、同じ言葉なのに、見え方が全然違うというこの不思議。結句の「結して」は「結束して」というような意味でしょうか。読み方は「ゆいして」かな？（これは前回聞いておくべきでした。スミマセン）。あと、下の句の一字あけは、しなくてもいいかもしれませんね。「犬は糞して人は結して」と比べてみて、それほど効果に違いはないかと。一字あけは、この歌の上の句と下の句のように、漢字がつながると読みづらい場合には、親切でいいと思います。それ以外は、特別の意志を持って「余白」「空白」を置きたいときになります。ただ、それは目で読む場合に限られるわけで、耳から歌が入ってくる場合は、その効果は薄い。だから正論を言うと、見た目で空白を作るのではなく、内容や言葉のつらなりの中で、読む人の心のなかに空白を生みだすのが一番です。一首さかのぼりますが〈片手のきりん〉のカッコ記号なども、そうですね。この魅力的な言葉を際立たせるためというのはよくわかるし、この場合は成功していると思いました。ただ、記号に頼るよりは、まずは言葉の力で、その記号のはたらきを出せないかということを、考えてみてください。句読点や、その他の記号についても同様です。

はじめにも書きましたが、今回の推敲、とてもよくって、メールをいただいたときには「これで、できあがりかな」という気持ちになりました。が、眺めているうちに、だんだん欲深くなってきて……。完成品に近いもののほうが、あれこれ言いやすいのだということと、今回の私の発見です。

第三回　日常を詠う　―消えてゆく一瞬を永遠のスナップに

一青窈さんの三首

今は札幌です。

千歳空港に降り立ち、こんなにまで〝夏がさわやか〟だなんていまの今まで知りませんでした。ツアーをしていると空港の景色でたまにデジャブったりします。

北海道人はバンシックスティーンなんてあんまり使わないのかしら。

◎ダウニーでお手軽渡米、君見送りし後ほかほかタオルダイブ

◎親離れ渋谷灯台　独りでも監視されたい風呂上がりの裸《ら》

◎君と食卓椅子取りゲーム一つの皿に西瓜二切れ

俵万智さんの返信

仙台も、さわやかな夏がつづいています。今年は、なんとまだクーラーを使っていません。京都・大阪の仕事から帰ってきたときは、あまりの涼しさに「そのうち仙台が、天下をとるね」とつぶやいてしまいました。

さて、今回は、日常の風景にトライされましたね。とてもいい切り口だと思いました。短歌にしなかったら、一瞬一瞬で消えてゆく風景。それが、三十一文字のピンで留められて、永遠のスナップ写真になっていく……これは、ほんとうに素敵なことだと思います。

■ダウニーでお手軽渡米、君見送りし後ほかほかタオルダイブ

ダウニーは、アメリカ製の柔軟剤。ボトルの配色やラベルからして、いかにもアメリカ的な感じなんですよね。そのダウニーを使うことで、「お手軽渡米」という発想、おもしろいと思いました。ちなみに私はいま、ロクシタンにハマっていて、シャンプーやハンドクリーム、石鹸などなど、ロクシタンで「お手軽渡仏」を楽しんでいます。こんなふうに、すぐ真似したくなる表現というのは、魅力があるしるしです。君を見送ったあと、ダウニーで仕上げたほかほかのタオル（タオルケット？）に飛び込む……という感じでしょうか。「君見送りし後」が、リズム的にも、意味的にも、全体をわかりにくくさせているので、思いきってカットしてはいかがでしょうか。それでもう、これは洗濯の歌にしてしまうのです。ボトルとか香りとかを細かく具体的に表現して「お手軽渡米」な気分を伝える一首を完成させる、というのが一つの方向です。いや、でも、気分としては、一人になった解放感というのが大事なのだということでしたら、逆にこちらを中心にして、渡米はあきらめて、ダイブのほうでその気分をすくいあげてみてはいかがでしょう。つまり、ここには二首ぶんのエッセンスが詰まっているように思われます。

■親離れ渋谷灯台　独りでも監視されたい風呂上がりの裸《ら》

「独りでも監視されたい」という独特の気分には、アーティストらしい複雑さがありますね。裸は、やはり「はだか」と読んでもらうのが自然だと思います。この強引なルビに、一青ぶしというか、味は感じるのですが……。「親離れ渋谷灯台」と、三つ名詞を重ねての表現、こういうのもアリですが、この歌に関しては意味が取りにくかったです。親離れして、渋谷を闊歩していても、やはりどこかで誰かに灯台のように見守ってほしい、という気分でしょうか。この歌も、「独りでも……」以下を中心にすえて、一首を組み直してみることを、おすすめします。

■君と食卓椅子取りゲーム一つの皿に西瓜二切れ

「一つの皿に西瓜二切れ」だから、椅子取りゲームならぬ皿取りゲームが、テーブルの上で展開されるわけですね。小さなことを、大きく楽しめる、二人ならではの豊かな時間が伝わってきました。残念なのは、リズムが五七五七七から、はみ出していることです。語順を入れ替えたり、言葉を削ったり、少し足したりしながら、なんとか五七五七七に近づけてみてください。一度できあがってしまうと、言葉を動かすのに勇気がいりますが、こっちを押せば、あっちが飛び出て、そっちを引けば、こっちが引っ込む……という感じで、定型というのは意外と柔軟にできているものです。それを推敲の過程で、ぜひ実感していただければと思います。

一青窈さんの改作

てるてる坊主の形した風鈴をさっきカーテンレールにつけました。晴れ祈願に加えて耳からも涼をとれて可愛い夏の相棒です。

ちなみに、私の周りで「相棒」というドラマがブームです。水谷豊さんと寺脇康文さんという組み合わせの妙がヒットの理由だそう。

ダウニーでお手軽渡米、君見送りし後ほかほかタオルダイブ　←

◎ダウニーで海を注いでお手軽渡米、ほほ笑む奥様は魔女

◎乾燥後密かな自由　姫残しベッドでほかほかタオルダイブ

親離れ渋谷灯台　独りでも監視されたい風呂上がりの裸《ら》　←

◎女ひとり暮らしの不自由は監視されたい風呂上がりの裸

君と食卓椅子取りゲーム一つの皿に西瓜二切れ

→皿一枚に対して二切れの西瓜さらに椅子も一席に二人で座って食べ合う図を表現したかったのです。なので皿取りゲームでもあり椅子取りゲームでもあるのですがどうすればよいでしょう。

俵万智さんの返信

そういえば、てるてる坊主と風鈴って、同じ庭に咲く紫陽花と向日葵みたいな関係ですね。ドラマ、個人的には朝の連ドラ「瞳」がマイブームです。以前住んでいた佃島界隈が舞台で、なつかしい風景がてんこもり。その佃の夏祭りに、明日から出かける予定です。

■ダウニーで海を注いでお手軽渡米、ほほ笑む奥様は魔女

さて、最初の「お直し」ですが、二首にわけて正解でしたね。文字の部屋の広さが倍になったぶん、言葉がのびのびつかわれて、読むほうも気持ちがいいです。特に一首目の「海を注いで」という表現、洗濯の歌として、とても新鮮でした。「奥さまは魔女」は、アメリカの大ヒットドラマですから、これでいっそうアメリカ感が盛り上がりますね。またリズムのことを言いますが「ダウニーで海を注いでお手軽渡米」が、ちょうど五七七になっています。つまりこれは五七五七七の後半に持ってくれば、ぴったりなのです。そこで、「ほほ笑む奥様は魔女」を手直しして五七にして（奥様は魔女、はすでに七音ですから、ほほ笑む、のところをなんとか一音増やすだけです）そのまま上の句に引っ越しさせてやると、リズムがばっちり整います。

■乾燥後密かな自由　姫残しベッドでほかほかタオルダイブ

さて、タオルダイブのほうですが、「姫残し」の主語は「君」ということになるでしょうか？　短歌の場合、何も書いていなければ主語は「我」と考えられます。それゆえ「一人称の文学」などとも呼ばれます。乾燥後の密かな自由を味わうのが、姫である我、とするならば、ここは「残されし姫」が、解放感にまかせてダイブしている、という流れにしたほうが伝わりやすいかと思います。

■女ひとり暮らしの不自由は監視されたい風呂上がりの裸

三首目、これは一行ですっくと立っている名言、という感じに仕上がりました。リズムを整えてほしいという欲はあるのですが、こういう強烈な主張のある言葉は、時にリズムをねじ伏せて成立することがあります。風呂上がり、裸でそのへんを歩いたりできるというのは、ひとり暮らしならではの自由……と多くの人が考えていることでしょう。でも、作者は言うのです。見られないということの、不自由さを。それはたぶん、心の不自由さ。監視、というのはずいぶん強い言葉ですが、この強さによって、漠然とした誰かではなく、心に決めた誰かに見られたい、という思いが伝わってきます。それなのに、その人は不在であるという思いが「不自由」の正体なのだと思います。自由＝監視されないこと、というのは一般論です。そして、一般論を歌にしても、おもしろくもなんともない。これは意外性があって、深い一首だと思いました。

■君と食卓椅子取りゲーム一つの皿に西瓜二切れ

四首目、椅子取りゲームには、そこまでの意味があったのですね……。「一席に二人で座って食べ合う図」というのが、なんといってもこの場面の中心かと思われます。西瓜は、季節感のある小道具としては、はずせませんが、皿取りゲームまでは三十一文字では追い切れないように思いました。ここは深追いはやめ、椅子取りゲームのはずが、それをやめて二人仲良く座って食べた……という展開でいかがでしょうか。この際（?）ですから、一切れを分けあったことにしても、いいかもしれません。

とりあえず、はずせない言葉「椅子取りゲーム」が七音です。つまり五七五七七のうち、第二句か、第四句か、第五句に、この言葉を持ってくることになります。たとえば「食卓の椅子取りゲーム」ならば出だしの五七に、「君と分けあう椅子取りゲーム」ならば最後の七七に、という具合です（言葉は、あくまでたとえばの話です）。また、推敲の過程で「椅子取りゲーム」という言葉はなくてもいい、ということになるかもしれません。「一つの椅子を分けあって」とか「君の太ももクッションにして」とか、別のアプローチでも、同じ場面は表現できる可能性はありますので、そのへん、楽しみながら探ってみてください。

最後に、深追い、とは言いましたが、どうしても「皿取り」と「椅子取り」の二重写しを表現したいのだということでしたら、深追いもまたよし、ではあります。

一青窈さんの改作

さらになおしました。

君と食卓椅子取りゲーム一つの皿に西瓜二切れ　←

◎もじゃ腿毛座布団にして夏西瓜君と分けあう椅子取りゲーム

第四回　ポルトガル便り――一語変えれば変化が生まれる

一青窈さんの三首

ポルトガルにやって参りました。

悲しみや痛みを乗り越えて生きる力を歌うファド、の国民的英雄歌手としてアマリア・ロドリゲスが挙げられますがわたしは常々ファドは女が歌うものだ、と思っていました。けれども、ふと入ったファドハウスで一番私の心を揺さぶったのは男性でした。それまでポルトガルギターでファディストの伴奏をしていた彼が、夜更けのステージでやおら弾き語りをし出しました。彼は大きな声で朗々と歌い上げるでもなく、感情に訴えるでもなく静かに壁にもたれて、自分の些細な出来事を呟くように歌いました。恐らく、それまでの女性歌手と比べても一番生声が小さかったのですが潮の満ち引きのように自然に彼と自分の心のひだにふれることができました。ちなみに中部コインブラでは男性が歌うファドが主流だと後にガイドブックで知りました。

◎ファドハウス男やもめが壁のつる歌も心もはいつくばって

ホテルの部屋に乾いた風がすべり込み枝葉が窓をたたきます。こんなに葉っぱがおしゃべりするものだなんて忘れてました。

◎ベランダの扉開けたらざわめいた木々がかき消す我が iPod

朝の六時すぎに散歩をしていると掃除機で玄関前の石畳に埋まった吸い殻を吸い上げるメイドさん。そういえば昨日同じ道を通ったら家主らしき奥さんがナッツを食べてたのが印象的でした。男は煙草　女はナッツ

◎シケモクが埋まる石畳に落とすナッツの殻妻の昼下がり

俵万智さんの返信

ポルトガル便り、ありがとうございます。添えられた文章と短歌が響きあって、一瞬、自分もポルトガルの風に吹かれているような気持ちになりました。旅の歌がおちいりやすい「絵葉書みたいな歌」が一首もありませんね。一青さんの目が見て、耳が聞いて、肌で感じたことが、言葉で写しとられていて、どれもとてもいい歌だなと思いました。

■ファドハウス男やもめが壁のつる歌も心もはいつくばって

「歌も心もはいつくばって」という表現が、心に染みました。はいつくばる、という語には、あまりプラスのイメージがないにもかかわらず、不思議なほど魅力的なフレーズになりましたね。挫折や失恋や別離といったものが人生に与える陰翳……きっとそういうものがこの「男やもめ」の歌から感じられるのだろうなあ、それが「はいつくばる歌と心」なのだろうなあと、思われます。「男やもめが」の「が」は主格でしょうか。それとも「我が故郷」のような連体修飾でしょうか。壁のつるとの関係が少しわかりにくいので、ここだけ整理してみてはいかがでしょう。

■ベランダの扉開けたらざわめいた木々がかき消す我が iPod

「木々がかき消す我が iPod」のあたりを読んで、五七五七七のリズムを、ずいぶん身につけられたなあと嬉しくなりました。ここ、調子がよくて、木々たちのざわめきの勢いが、リズムによっても伝わってきます。「ざわめいた木々」――口語で定型に収めようとすると、こうなるのはよくわかるのですが、ややこなれない感じですね。口語の「た」だと、今ざわめいている感じが出にくいのも、惜しい(まったく出ないわけではありませんが……青ざめた顔といえば、青ざめているわけで……)。文語だと「ざわめける」という便利な言い方があります。これで、ざわめいている、という状態を表すことができます。ついでに「開ければ」という文語表現もご紹介します。これは、最初の対談のときに話題になった「已然形＋ば」で「開けると」という意味になります。「開ければざわめける」では、なにかしっくりきませんか？　口語のほうが気持ちにフィットするようでしたら、「ざわめいた」のところを口語で、もう一工夫するという手もあるかと思います。

■シケモクが埋まる石畳に落とすナッツの殻妻の昼下がり

これは着眼点がおもしろいですね。石畳に落ちているゴミから、人々の日常の暮らしが見えてくる……。観光に気をとられていたら、まず出てこない発想だと思いました。切り取られた情景としては申し分ないのですが、五七五七七におさまっていないのが気になります。シケモク、昼下がりなど、ムードを盛り上げている言葉ではありますが、必ずしもなくても充分おもしろい歌になると思うので、このあたりを削って、定型にもっていっては、いかがでしょうか。散文の最後にあった「男は煙草　女はナッツ」……調子よすぎるかもしれませんが、これ、そのまま下の句につかえるフレーズですね。

ポルトガルといえば、ポルトー。現地では飲まれましたか？　ブルーチーズを一口食べて、その残りが前歯にちょっとついてるぐらいのときに、ポルトーを含んでみてください……すごい幸せな感じになります。私は、これがあればデザートはいらないっていうぐらい好きな飲み方です（なんだかいつもお酒の話になってしまいますね、スミマセン）。

一青窈さんの改作

国立古美術館（Museu nacional de arte antiga）に行って誘惑されました。ヒエロニムス・ボッシュが描いた三枚絵、「聖アントニオの誘惑」。たくさんの人の山ができては崩れできては崩れ、いつまでたっても途切れない。絵が屏風にみたいに開く仕掛けで、扉絵の裏側にも丁寧に描かれてある。物体と融合した人間や見た事のない生き物が宙に浮いたり、地をはいつくばっている。

見えるもの　見えないもの　人間　キリスト　植物　家族愛　悪夢のような現実　慈悲観念的なものから即物的なものまで何やら全部が詰まっている。五七五七七でわたしはどこまで思いを積む事ができるのだろう。

ファドハウス男やもめが壁のつる歌も心もはいつくばって　←

◎弾き語る男やもめが壁の蔦、歌も心もはいつくばって

男の人が柱にもたれかかって弾き語りをしていたのでまるで壁に伸びていくつたのように見えたのです。どうしましょう。やや迷走中です。

ベランダの扉開けたらざわめいた木々がかき消す我が iPod　←

◎ベランダの扉開ければざわめける木々がかき消す我が iPod

ざわめける。なんだかいっちょうらの言葉のワンピースを買ってもらったような気分。是非使わせて下さい。

シケモクが埋まる石畳に落とすナッツの殻妻の昼下がり　←

◎石畳落とし物なら夕焼けと男は煙草女はナッツ

ううん。煙草よりも「男シケモク」とまとめると軽いですか？

俵万智さんの返信

ボッシュの絵は、迷宮ですね。天にのぼっていくような気持ちで見ていると、いつのまにか井戸をおりているような……。五七五七七の小石を積み上げて、天に届く井戸を、私たちもつくっているのかな。

■弾き語る男やもめが壁の蔦、歌も心もはいつくばって

「男」＝「壁の蔦」だったのですね。これは、なかなか素敵な見立てだと思いました。日本語の「が」には、いろいろな働きがあるので、イコールであることをはっきりさせるために「は」を使うのも一つの方法です。「男やもめは壁の蔦」で、いかがでしょう。あと、ファドハウスが推敲の過程で落ちてしまったのが、心残りです。場所の雰囲気も出るし、男が歌っている歌の種類もわかるし。この素晴らしい下の句で、「やもめ」はなくとも、男の人生の陰翳みたいなものは充分伝わるので、「やもめ」をカットして「ファド」復活という道も、模索する価値ありかと思います。

■ベランダの扉開ければざわめける木々がかき消す我が iPod

ワンピース、似合ってます！

■石畳落とし物なら夕焼けと男は煙草女はナッツ

定型におさまって、ずいぶん読みやすくなりましたね。夕焼けは、男女共通の落とし物という発想も、おもしろく読みました。下の句、「男シケモク女はナッツ」でも、成立すると思います。こうすると「女は」の「は」が目立って、男女の対比が、より鮮やかになるメリットも出てきますね。表記上の見た目だと「煙草」のほうが「ナッツ」と距離感が出ますが。こんなふうに、一語を変えるだけで、さまざまな印象の変化が生まれるところが、楽しいし恐ろしいところです。

追伸　前回のさらなるお直し便、とてもよかったです。

■ふわり笑う奥様は魔女ダウニーで海を注いでお手軽渡米

上の句、「ほほ笑んで奥様は魔女」ぐらいの手直しを予想していたのですが、それ以上でした。

■乾燥後密かな自由ベッドで残されし姫ほかほかタオルダイブ

これも受け身にして、わかりやすくなったと思います。おつかれさま！

一青窈さんの改作

弾き語る男やもめが壁の蔦、歌も心もはいつくばって　←

◎ファドハウス男独りは壁の蔦歌も心もはいつくばって

石畳落とし物なら夕焼けと男は煙草女はナッツ

→なるほど。距離は広い方が物語のふくらみが出ますね。

かなり私、赤ん坊のように言葉を丸投げしてしまってますが、学ぶ楽しさを久しぶりにしっかと味わってます。受け止めてくれる俵さん、ありがとうございます。

俵万智さんの返信

あれやこれやと投げた球に、一青さんが柔軟に返してくださるので、こちらもとても刺激になります。定型っていうけど、意外と伸縮自在なんだということ、そろそろ実感しはじめたのでは？

■ファドハウス男独りは壁の蔦歌も心もはいつくばって

「ファドハウス」復活、やっぱりいいですね！「独り」という新たな語が、この推敲の過程で引き出されて、これも成功していると思います。ところで……。「やもめ」の時は「やもめが」では、わかりにくく「やもめは」をお勧めしたわけですが、なぜか「独り」だと、「男独りが」でもうまくつながると思いませんか？むしろ「男独りは」よりも、こなれがいいというか。なぜだろう。「やもめ」も「独り」も、名詞であることに変わりはないのに、この違いはどこからくるのだろうと考えこんでしまいました。「独り」という語には、「独りである（という状態）」が含まれているから、かもしれません。たとえば

「独りで」という言い方はできるけど「やもめで」とは言えない。そのあたりに秘密がありそうです。

長くなりましたが、つまり「独り」という語をつかうとすると、やっぱり「が」のほうが落ちつくということなのです。なおしたらと言ったり、戻したらと言ったり、ややこしくてすみません。これも推敲の醍醐味と思ってくだされば……。

一青窈さんの改作

ファドハウス男独りは壁の蔦歌も心もはいつくばって ←

◎ファドハウス男独りが壁の蔦歌も心もはいつくばって

確かに関係性でたった一語の噛み合わせがアンバランスになったりというのは感覚的にわかります。それがきっと言葉のおもしろいところでまた、人間同士もちょっとした事でこじれたりくっついたりまるっきり同じだよなぁと思います。

第五回　名詞止めは一首に一度

一青窈さんの四首

今度は台湾で、チャリティーコンサートに招待されました。

◎円卓を囲んで向かう同じ顔いついつまでも子供扱い

父の親族と円卓を囲んで本番前々日に夕飯を食べました。ひとつのテーブルに20人近くがすっぽり丸く収まる。ライブの成功を願って皆で乾杯をし、私は紅包を頂きました。ホンパオとは祝儀袋&お年玉袋のようなもので封筒が赤いのです。

しかし！　國父紀念館という場所で催す予定だったのですが国営なので、前日に緊急で仕事禁止令発令！　残念ながら台風で中止になってしまいました(涙)。

◎リハだとて間違えて居る老婦人台風前にワクワクな君

台風過ぎ去りし後も続く曇り空に、私はどこかリラックスしていました。台風で学校がお休みになるあのワクワク感と、過ぎ去った後の安堵感に加え、又来ないかなーなんてげんきんに願ってたあの感じ。老婦人もそんなワクワク感をもってリハーサル中の記念館に迷い込んで座ってくれてたらいいな、と思って書きました。

◎こっそりと直したつもりブラの位置、頬を染めても後の祭り

リハーサル中に、もそもそとしていたらプレイヤーに指摘されて「きゃ。」と言ってみたものの遅かったという話でした（W涙）。

◎台北の温泉街で初遭遇ゴキブリのいるピカピカのスパ

こっち来てから見ないねー。なんてゴキブリ談をしてた途端にトリプル涙。旅に油断は禁物です。

俵万智さんの返信

こんばんは。私としては珍しく夜中に起きて、お返事書いています。懐かしい場所は、人をリラックスさせるものですね。今回の作品、どれもくつろいだ中で詠まれた感じがしました。言葉の調子に、そういうのが自然に出てくるところが、歌の不思議さだなあと思

います。一青さんが、この形式に心をゆだねているからこそ、のことでもあるのでしょう。

■円卓を囲んで向かう同じ顔いついつまでも子供扱い

親戚が集まると、アーティスト一青窈ではなく、ちいっちゃい頃から知っている窈ちゃんになってしまうんですよね。そのことを、ちょっと不満に思いつつも、うれしく味わっている感じが「いついつまでも子供扱い」に、よく出ています。欲をいうと「囲んで向かう」が、意味的にややダブり感がありますので、「囲む」だけにして、余った字数で、親戚の集いであることが盛り込めれば、読者には親切かと思います。この宴を、何首かならべて表現する場合でしたら（連作といいます）、前後関係でわかるので、これで完成にしてもいいでしょう。紅包の歌などもあると楽しいですね。

■リハだとて間違えて居る老婦人台風前にワクワクな君

台風のときの、独特のワクワク感。あれは、しっかり守られている子どもならではの感覚だったのかも、と思い出します。「リハ」は、一青さんにとっては使い慣れた言葉でしょうが、やはりきっちり「リハーサル」としたほうが、いいかと思います。迷いこんだ老婦人というの、ドラマがあっていいですね。老婦人と君の関係が見えにくいので、ここは老婦人一人に登場人物をしぼったほうが、より輪郭がくっきりするのではないでしょうか。「ワクワク」も、できれば一青さん流に、その気分を表現できれば言うことなし、です。

■こっそりと直したつもりブラの位置、頬を染めても後の祭り

なんとユニークな場面を切り取ってこられるのでしょう！　「ブラ」は、「リハ」と違って、このままのほうがいいですね。歌全体の軽みに合っていますし、「ブラジャー」では生々しすぎますから。「頬を染めても後の祭り」が、説明で終わっているのが、もったいない感じがしました。特に「後の祭り」というような慣用句は、簡単につかうと歌が陳腐になってしまうので要注意です。「もそもそ」「きゃー」のあたりを、具体的に描写することで「後の祭り」感が出るといいのですが。

■台北の温泉街で初遭遇ゴキブリのいるピカピカのスパ

これもユニークなところを取材しましたね。ゴキブリというと岡井隆さんの作品に〈ゴキブリの祭りに招《よ》ばるわれらかく生きる周到の理由もてりや〉など、比較的多くの登場例がありますが、かなり珍しい素材です。珍しいというのは、それだけで魅力的。「初遭遇」はカットして（カットすることによって、一青さんの姿が後ろに遠のき、ゴキブリが前面に出てくるのです）温泉街のスパにいたゴキブリ……というふうに、ゴキブリにスポットを当ててまとめてはいかがでしょうか。「ピカピカ」も、もう一工夫あってもいいかもしれません。

一青窈さんの改作

直してみました！
やっぱりいつも自分は一首に詰め込みすぎているのだなぁ。解きほぐしてくれるとこんなにも創るのが楽しい。

円卓を囲んで向かう同じ顔いついつまでも子供扱い　←

◎円卓のぐるりおじおば同じ顔いついつまでも子供扱い

〝親戚〟と無難にいくのも良いのですが、おじおばと平仮名で子供っぽさを期待して使いましたが、オジオバとカタカナの方がバランスがいいですかしら？

◎そそくさと後部座席で渡す紅包む気持ちは祝う成功

さっそくホンパオについて一首加えました。「渡す〝あか〟」と読ませたいです。

リハだとて間違えて居る老婦人台風前にワクワクな君　←

◎記念館唄に寄せられ迷い込むおばぁも弾むリハーサル景

國父紀念館という場所でやったのですが8文字でどう処理していいか判らず、このような形になりました。

こっそりと直したつもりブラの位置、頬を染めても後の祭り　←

◎こっそりと直したつもりブラの位置きゃ！と叫んでも恥じらい遅し

台北の温泉街で初遭遇ゴキブリのいるピカピカのスパ　←

◎露天風呂どこもかしこも光るスパ縁を歩くはゴキブリ子

俵万智さんの返信

■円卓のぐるりおじおば同じ顔いついつまでも子供扱い

ナイス推敲です！「ぐるり」という一言で「囲んで向かう」が表現されてしまいまし

たね。いや、それ以上に、「ぐるり」には臨場感があって、今まさに集っているという感じが加わりました。「おじおば」も、親戚より具体的でいいと思います。子どもっぽさという効果が確かにあるので、私も平仮名の「おじおば」に一票です。

■そそくさと後部座席で渡す紅包む気持ちは祝う成功

「そそくさ」と「後部座席」で、渡すときの雰囲気が、よく伝わってきますね。さっそくのリクエストにこたえてくださって、ありがとう。「包む気持ちは祝う成功」は、言わずもがな、かもしれません。渡す側の様子や、その日の季節や天候など、より光景が思い浮かぶような描写をプラスして、「紅」で終わる体言止めの歌にしてはいかがでしょうか。「あか」はルビを振ればいいと思います。

■記念館唄に寄せられ迷い込むおばぁも弾むリハーサル景

「老婦人」と「おばぁ」。語感が全然違いますね。もちろん「おばぁ」のほうが、作者との距離がぐっと縮まって（ということは読者との距離も縮まって）一首が生き生きしました。これは前回のメールで言うべきでしたが「リハーサル景」は、字余りになっても「リハーサル風景」とするか、風景であることはわかるので単に「リハーサル」としたほうが落ちつくと思います。字数を合わせるために言葉を省略してしまうと、かえって落ちつかなくなるということが、よくあります。「間違えて居る」よりも、「唄に寄せられ迷い込む」ほうが、素敵な闖入者の感じがよく出て、これもいい推敲だと思いました。國父の二文字は、なくても大丈夫かと。固有名詞は、使うことによって、情報量がすごく増えて、読者の思い描く像がハッキリする場合は有効ですが、この場合はそれほどでもないと思うので、深追いはしなくてもいいと思います。

■こっそりと直したつもりブラの位置きゃ！と叫んでも恥じらい遅し

「頬を染めても後の祭り」より、ずっとよくなりましたね。「きゃ！」とカギカッコを加えたほうが、わかりやすいかも。欲を言うと「恥じらい」という言葉をつかわずに恥じらいが伝わると、なおいいのですが。それにしても、この「きゃ！」は、いいですね。「キャッ」だと、普通すぎてつまらないです。ちょっとした違いなのですが。

■露天風呂どこもかしこも光るスパ縁を歩くはゴキブリ子

ゴキブリ子！　さらに、おもしろくなってきました。初遭遇がカットされて、ゴキブリが主役として存在感を増していますね。ピカピカ問題も解決されていて、反応のすばやさに嬉しくなりました。リズム上の問題ですが、「露天風呂」「スパ」「ゴキブリ子」と、名詞止めが三回出てきます。名詞が出てくるたびにリズムがそこで途切れてしまうので、名詞で止めるのは、できれば一回におさえたいところです。わざと名詞ばかりを並べるとか、そういう特別な手法の場合は別として、原則として名詞止めは、一首につき一回と心がけたほうが、言葉がなめらかに流れるし、名詞で止める効果も上がります。これは、これからの作歌に際しても、参考にしてほしい原則のひとつです。

一青窈さんの改作

なんだか俵さんがグル（師）のように思えてきました。あちらこちらと言葉に翻弄されてます。インドを訪れた事はまったく無いのですが啓示を頂く巡礼者の気持ちってこんなきもちかしら。飛行機で成田からずっと「地球星の旅人」という本を読んでいたせいですっかりカンボジアにいるのにインドの風に吹かれてる気分です。車の窓から牛を引き連れる子供たちが見えます。頑張れ子供、頑張れ私。

そそくさと後部座席で渡す紅包む気持ちは祝う成功　←

◎そそくさと後部座席で気持ちだと右手の平を包まれて紅

なんかちょっと赤信号で止まったようなでも好きな人に手を握られたような意味が分散してしまったような気がしますが大丈夫ですか？

記念館唄に寄せられ迷い込むおばぁも弾むリハーサル景　←

◎記念館唄に寄せられ迷い込む老人のためにリハーサルす

◎リハーサル唄に寄せられ迷い込む老人のため自分のためと

「す」だけで止めるのってアリなのでしょうか。

◎こっそりと直したつもりブラの位置「きゃ！」と叫んでも恋には遅し

こっそりと直したつもりブラの位置きゃ！と叫んでも恥じらい遅し ←

◎台北の露天風呂にてのぼせたか縁を歩くはゴキブリ子さん

露天風呂どこもかしこも光るスパ縁を歩くはゴキブリ子 ←

俵万智さんの返信

■そそくさと後部座席で気持ちだと右手の平を包まれて紅

「気持ちだ」というセリフと、「右手の平を包まれて」という、いっそう具体的な描写が加わって、とってもよくなったと思います。なんだか同じ後部座席にいて、その様子を、そっと見ていたような気分になりました。「気持ちだ」は、カギカッコで括ったほうがわかりやすいかもしれませんね。「包まれて」とすることで、自分がもらったのだということも、はっきりしますね（推敲前だと、自分が「渡す」というふうに受けとられるおそれもありました）。赤信号で止まったような……というフレーズも捨てがたく、いつか短歌のほうにも生かしてほしいです。意味が深まっただけで、分散ってことは、ないと思いますよ。

■記念館唄に寄せられ迷い込む老人のためにリハーサルす

「す」で止めるのはアリです。現代語では「する」が終止形ですが、古語では「す」が終止形なので、古い言い方にはなりますが、文法的には合っています。ただ、この歌の場合は、結句を「リハーサルする」で終えるほうが、リズムが整いますね。おばぁを老人に変えたのには、なにかワケがありますか？　好みの問題かもしれませんが、私は「おばぁ」に惹かれます！

「リハーサル唄に寄せられ迷い込む老人のため自分のためと」のほう、初句に「リハーサル」をぽんともってきたのには「ほう！」と思いました。これは充分アリの手ですね。ただ結句の「自分のためと」は、むしろ言わないほうが余韻が出るように思います。なので、

「記念館……」のほうを採らせていただきました。

■こっそりと直したつもりブラの位置「きゃ！」と叫んでも恋には遅し

「恥じらい」のカット、うまくいきましたね。結句「恋には遅し」としたことで、いっそう戯画化がすすんで、コメディタッチの一首になりました。

■台北の露天風呂にてのぼせたか縁を歩くはゴキブリ子さん

なぜ縁を歩いているか、というところまで一首に含まれてきましたね。台北という固有名詞は、旅の気分が盛り上がって、いいと思います。「ゴキブリ子さん」は、いっそうの戯画化を狙ったのかもしれませんが、やや字数合わせ的な印象を受けます。ゴキブリ子でも、じゅうぶん可笑しいので、たとえば「縁を歩いてゆくゴキブリ子」と句またがり（七と七でちょうど言葉が分かれるのではなく、七と七にまたがって言葉をつかう技法です……この場合は「歩いてゆく」が、またがっています）にして、リズムを弾ませるのもひとつの方法かと思います。

ではでは、これからも言葉の巡礼の旅、楽しんでつづけてください。私は、道を照らす小さな星のひとつになれれば幸いです。

第六回　初句ができない――心の宿題に

一青窈さんの五首

三回目のカンボジアにて書いてます。学校をカンボジアに建てよう！　という島田紳助さんの一言に応えて歌をプレゼントしに、そして何より一緒に唄いたくて開校式に行ってきました。

◎グラウンド体育座りで日陰待つ子供らの瞳の中雲流る

平均気温四五度で、午後イチには五〇度を超えてゆく灼熱の校庭のもとで子供たちは私の歌に耳を傾けてくれました。それでもみんな、雲がゆっくりと流れて少しでも日陰になるのを待っているかのように私を食い入る眼差しで眺め、その瞳の中には青空よりも澄んだ景色がありました。

◎輪の中においてけぼりのビーサンも夢中で跳ねるフォークダンス

スコールの後は地面がぬかるんで、子供たちのビーチサンダルは雨上がりの土に足をとられてしまいます。フォークダンスを教えて初踊りをする子供たちは夢中で練習の途中から手をつないだまま円の真ん中に向かって次々と靴を投げ捨ててゆきました。

◎空しくてあの娘が好きな人の名の消し跡も無きホワイトボード

〝寂しくて〟だとするとちょっと叙情的すぎるかな、と思って使いました。明日もう、お別れという最後の授業前のお昼休みに、一番なついてくれたスレイナという14歳の女の子が、私の名前を黒板に書いていた、とスタッフから聞いて教室を覗いた途端！　彼女がさささっと消してしまいました。消し跡が残る黒板なら良かったのに……と思いました。

◎苔色の水を分け入る吾が舟にはしゃぎ立つ浮き草の大地

水上生活の様子が見たくてトンレサップ湖に行きました。琵琶湖の5倍以上もある（ほとんど海）には浮き草がたくさん浮いていて舟が進むに連れてゆらゆらと動くので、まるで大地がたなびいているみたいでした。すごく幻想的な風景。

◎二十歳ならかすり傷さえ落ち込んで随分と弱くなったね私

水上レストランでコブラと子犬を抱く少女が珍しくて、カメラを向けたら即座に「1＄！」と叫ばれました。コブラ巻く？　と聞かれて一生に一度の事だからと思ったけれども噛まれたら嫌だなと思って躊躇してしまいました。傷の治りの早い10代だったらやったかな……。

俵万智さんの返信

今回も、いいですね！　素敵な歌を送ってもらったのに、返信遅くなってすみませんでした。

三年ぶりに本を出すので（モノカキの友人からは、どんだけ呑気なペースなんだと、いつもからかわれます……）、その校正と格闘しておりました。カンボジアは、訪ねたことはないのですが、今回の作品を読みながら、インドやフィリピンで出会った子どもたちのことを思い出しました。

■グラウンド体育座りで日陰待つ子供らの瞳の中雲流る

「体育座り」という具体的な描写で、子どもたちの様子がよく伝わりますね。グラウンドという大きな風景から、最後は子どもたちの小さな瞳に収斂してゆく流れも、とてもいいと思います。最後の雲も印象的で、これはこれで、完成した一首だと思いました。ただ、添えられた文章を読むと、少し欲が出ます。一つは「雲の日陰さえ欲しいほどの暑さ」というのは、日本にいる者としては驚きなので、この要素を入れたい。ただの日陰ではなく「雲の日陰」としてみたい。もう一つは、子どもたちが一青さんを見つめているのだという状況が盛り込めれば、さらにビビッドになるのでは、ということです。このままだと、歌の作者は、とても客観的に子どもたちを見ている立場になりますが（そういう歌もアリですが）、見つめられている側だという当事者感が表現できれば、いっそう深みが出ると思います。

■輪の中においてけぼりのビーサンも夢中で跳ねるフォークダンス

これも、ほぼ完成ですね。どのへんが「ほぼ」かと言いますと、「も」が気になります。「も」は、要注意の助詞です。「も」をつかうことで、ふくみをもたせることができるし、口あたりもまろやかになるのですが、それこそが落とし穴。短い詩型ですから、ぼやかすよりは、きっちり焦点を絞ったほうが、印象が鮮やかになります。この歌の場合は、もちろん「ビーサンも（子どもたちも）」ということでしょうが、この「も」のために、一瞬読者の意識が子どもたちのほうに逃げてしまいます。せっかく「跳ねるビーサン」という、おもしろい素材を見つけたのですから、ここはこれ一つに絞って「ビーサンが」としたほうが、くっきりすると思います。これから、一首のなかに「も」が出てきたら、一度は「が」や「は」に置き換えて、くらべてみてください。もちろん、それでも「も」のほうがいい、「も」でなくては伝わらない、という場合もありますが、仕上げの一手間として、

「が」や「は」との比較は大事なことです。

■空しくてあの娘が好きな人の名の消し跡も無きホワイトボード

文章を読むまで、この娘が恋する人の名前なのかなと思っていました。もしかしたら、それも狙いのうちかもしれませんが、やはり「あの娘が書いてくれた自分の名前、それがささっと消されてあとかたもなくなった」という流れを素直に作った歌も読みたいですね。ドラマの一場面みたいで、これをそのまま切り取るだけで、いい一首になりそうです。おっしゃるように、寂しいよりも、空しいのほうが、乾いた感じがしていいと思いますが、寂しいも空しいも使わなくても、この場面の描写だけで、その気持ちを伝えることができるのでは？

■苔色の水を分け入る吾が舟にはしゃぎ立つ浮き草の大地

「苔色の水」「はしゃぎ立つ」「浮き草の大地」に、グッときました。個性的で、しかも様子がよく伝わる表現だと思います。ここから先は、迷いつつ書きますが、結句が字足らず（6音）なのだけが、気にかかります。不安定な感じを出すために字足らずをつかうのは技法のうちですが、これほど堂々とキマっている歌の場合は、ぱちっと定型におさまったほうが、いいかも。

あ、でも、ただの大地ではなく「浮き草の大地」なんですよね。だったら、そのゆらゆら感というか、ほんとうは大地ではないんだという感じを出す意味なら、字足らずもありかもしれません。

■二十歳ならかすり傷さえ落ち込んで随分と弱くなったね私

お〜下の句、前回紹介した「句またがり」が、さっそくつかわれていますね。しかも、「なったね」という口語にアクセントがついて、いい感じに効果をあげています。上の句が、やや抽象的でわかりにくいので、コブラを抱く少女とのやりとりを、具体的に出してしまったほうがいいのではと思いました。これも、おもしろい旅のスナップになりそうです。

一青窈さんの改作

グラウンド体育座りで日陰待つ子供らの瞳の中雲流る ←

◎グラウンド体育座りと吾が瞳には子ら待ちわびる雲の日陰と

輪の中においてけぼりのビーサンも夢中で跳ねるフォークダンス ←

◎輪の中においてけぼりのビーサンが夢中で跳ねるフォークダンス

空しくてあの娘が好きな人の名の消し跡も無きホワイトボード ←

◎空しいは誰かが誰か好きなのに消し跡の無きホワイトボード

さみしい気持ちよりもホワイトボードの描写優先っていいんでしょうか。より空しさがアップできてますか？

苔色の水を分け入る吾が舟にはしゃぎ立つ浮き草の大地　←

◎苔色の水を分け入る吾が舟にはしゃぎ立つは浮き草の大地

安易でしたかな……。１文字＋。

二十歳ならかすり傷さえ落ち込んで随分と弱くなったね私　←

◎コブラ抱く少女の勧め断るし随分弱くなったね私

俵万智さんの返信

■グラウンド体育座りと吾が瞳には子ら待ちわびる雲の日陰と

う〜ん、やはり私が欲ばりすぎたかもしれません。作者の存在と「雲の日陰」を入れるとすると、前半のグラウンドか体育座りを削ることになりそうですが、それはもったいない……ということで、後半に詰め込んだ形に……注文にこたえようとしてくれて、こうなったということ、よくわかります。注文を出しておいてすみませんが、これは、もとのままのほうが、すっきりと子どもたちの澄んだ瞳が伝わってきますね。

■空しいは誰かが誰か好きなのに消し跡の無きホワイトボード

第二句以降、すごくよくなったと思います。空しさ、確実にアップしています。「さみしい気持ちよりもホワイトボードの描写優先」で、いいのです。そのホワイトボードを通してしか、寂しさや空しさは伝わらないとさえ言えます。寂しいと一〇〇回書いても、空しいと一〇〇〇回書いても、その寂しさの手ざわりというか、その空しさの輪郭というか、それは読む人にはわからない。あいだにホワイトボードを置くことで、なんとかその寂しさや空しさを共有できるのではないでしょうか。このあたりが、もしかしたら歌詞と異なるところかもしれませんね。さて、ここまできたら、ぜひ初句の「空しいは」を消してしまいましょう。「名前」の消し跡だということが、そのぶん入ればいいかと思います。

■苔色の水を分け入る吾が舟にはしゃぎ立つは浮き草の大地

いや、ぜんぜん安易ではありません。リズムを整えるということは、非常に大事ですし、その際、一文字の助詞は大活躍してくれます。ただ、この歌の場合、ここにいれるのでは効果が薄いです。下の句を読むとき「ハシャギタツウキ／クサノダイチ」と現在七音・六音の構成になっています。だから助詞は結句の六音のほうに加えたほうがいいのです。

「ハシャギタツハウ／キクサノダイチ」と読ませることも不可能ではありませんが、「浮き草」を分けるとすると「浮き・草」のほうがはるかに読みやすいので、ぜひ「クサノダイチ」のほうに助詞を加えてみて下さい。

■コブラ抱く少女の勧め断るし随分弱くなったね私

「弱くなった」具体的な内容が示されて、とてもくっきりした一首になりました。好みの問題かもしれませんが、「断るし」のところが、リズムがタラッと流れすぎる感じがします。結句が体言止めなので、ここはいったんリズムを切って、きりっと仕上げるのも方法かと思います。古語になりますが「断りぬ」(断った) とか「断れり」(断ってしまった) とか、いかがでしょうか。「断るし」の、なんだかしょうがないなあというニュアンスを生かしたいのであれば、それもありだとは思います。

一青窈さんの改作

グラウンド体育座りと吾が瞳には子ら待ちわびる雲の日陰と ←

◎グラウンド体育座りで日陰待つ子供らの瞳の中雲流る

では元のもので！

空しいは誰かが誰か好きなのに消し跡の無きホワイトボード　←

◎名を出して誰かが誰か好きなのに消し跡の無きホワイトボード

こころもとないです。なんだか書いたわりにうまくまとめられない……。

苔色の水を分け入る吾が舟にははしゃぎ立つは浮き草の大地　←

◎苔色の水を分け入る吾が舟にははしゃぎ立つ浮き草の大地や

「も」にして、はしゃぐのは私だけでなく浮き草もはしゃいでる。と詩的にしようかと思ったのですが「や」のほうが短歌っぽいですし、すっきりしたのでこうしました。

コブラ抱く少女の勧め断るし随分弱くなったね私　←

◎コブラ抱く少女の勧め断れり随分弱くなったね私

「断りぬ」と伺い、反射的に「ぬ」を否定語と感じてしまったのでこちらにしました。この場合の「ぬ」は過去を意味するのですね。また一つ勉強になりました。

俵万智さんの返信

■名を出して誰かが誰か好きなのに消し跡の無きホワイトボード

確かに、初句だけが、少し浮いているような感じがしますね。「○○○○○誰かが誰か好きなのに消し跡の無きホワイトボード」。この初句は、しばらくのあいだ、心の宿題ということにしましょう！　時間をおいて、ふっと浮かぶこともありますし、別の場面で同じような思いを抱いたときに、ぴたっとくる言葉が入ることもあります。下の句だけできて、半年後に上の句が見つかる……なんてこと、私もしょっちゅうです。ここは慌てずに大切にいったほうがいいでしょう。何ヶ月後かでも、できた、見つけた！　と思うときがあったら、また教えてください。

■苔色の水を分け入る吾が舟にはしゃぎ立つ浮き草の大地や

これ、ほんとうにいい歌になりましたね。実は前回のメールを書いているときに、私の心のなかにあった結句は「浮き草の大地は」というものでした。「も」より「は」のほうがいいと思うけど、「は」よりさらに「や」のほうがいいです。「や」は強い感動を示す語なので、安易に使用すると安っぽくなることがあるのですが、この歌の場合は、「浮き草の大地」というオリジナルな表現を、いっそう前に押し出して、ばちっとキマっています。

「苔色の……」と静かにはじまって、だんだんクレッシェンドして、最後「大地や」と歌いあげるような感じでしめくくられて、「や」がとても効果的だと思いました。完成！

■コブラ抱く少女の勧め断れり随分弱くなったね私

「断りぬ」の「ぬ」は完了を表します。この「ぬ」は連用形（断るの連用形は、断り）につきます。断るの未然形（断ら）に「ぬ」がついて「断らぬ」となっている場合は、「断らない」という意味になります。この「ぬ」は、打ち消しの助動詞「ず」が活用した「ぬ」です。今は、完了の「ぬ」は使われず、打ち消しの「ず」の活用した「ぬ」しかないので、けっこう混乱しやすいんですよね。ちなみに、打ち消しの「ず」の活用した「ぬ」というのは、連体形といって、その下に名詞などの体言がきます。「断らぬ」で文が終わることはなく、必ず「断らぬ相手」とか「断らぬ注文」とか、そういう形になります。この歌のようにいったんここで、文を終わらせるときには、「断らず」となるわけで、区別はそんなふうにできます。説明だけだと、なんだかごちゃごちゃしますので、練習問題をしてみましょうか。　1歌を作りぬ　2歌を作らぬ……　1恋人に会いぬ　2恋人に会わぬ……　いずれも、1のほうが完了で「歌を作った」「恋人に会った」の意味で、2は歌を作らぬ日、恋人に会わぬ夏、のように、名詞をうしろにつけて、作らない、会わない、という意味になります。なんだか、学校の授業みたいになってしまったかな。文法って、それだけを勉強すると味気ないものですが、自分の表現のために必要だと思うと、効率よく吸収できるような気がします。こうして実践のなかで身につけるのが一番ですね。

第七回　コミカルな短歌

一青窈さんの三首

稽古中です。楽屋から一青窈です。

師走だというのに結婚ラッシュでおめでた続きです。

花束をつかんだ独身者が結婚できるというジンクスはどれぐらいの信憑性があるのでしょう。あれで男子Ver. があってその場でお目当ての子にプレゼントするなどあれば盛り上がりそうなものなのに。

◎2次会でブーケ摑めず悔しがる友の両手はトイレの便器

久しぶりに馴染みの顔が集まるとピッチがすすむのでしょうか。

◎タルタルがあるならあると言ってほしかったソースがけ二秒前

カ……カキフライ。大好きなのですが二度も当たったことがあります。たるたるとは言い得て妙な響きです。

◎忍び込む男五人が教会で勝手に懺悔神もそぞろに

懺悔されている裏の小部屋で牧師さんが着替え途中だったとかは安い映画の1シーンでありそうですが、神様はいつも教会においでなのでしょうか。

俵万智さんの返信

先日テレビで、カンボジアの子どもたちとの映像を見ました。以前の短歌、ここから生まれたものだったんですね。いま取り組まれている音楽劇は、それが表現そのものだから、短歌にまではエネルギーがまわらないかもしれないけれど、幕があいて落ちついてきたら、楽屋の風景なども、ピックアップしてみるといいかも、です。

さて、そんな大変ななか、作品を送ってくれてありがとう。今回も、なかなかおもしろい歌ですね。「おもしろい」にも、いろんな種類がありますが、ここにある三首のようにコミカルなおもしろさというのは、短歌では出しにくいというか、珍しいタイプなので、とても新鮮でした。

■2次会でブーケ摑めず悔しがる友の両手はトイレの便器

「飲み過ぎてトイレで吐いている」……日常的にはよくある場面ですが、短歌的にはほぼ見かけない場面です。こういうの、あまりリアルに描写してしまうと、うまくいかないと思うのですが、両手が何を摑んでいるか……という視点でまとめたところが工夫ですね。
　華やかな二次会のブーケから、結句の便器への推移もおもしろく、この歌はこれ以上いじらなくてよいと思いました。

■タルタルがあるならあると言ってほしかったソースがけ二秒前

「二秒前」のあたりに、一青節を感じます。タルタルという言葉の響き、確かにおもしろいですね。その響きに特化して、もう少し遊んでみる手もあるかもしれません。「タルタル」と「ある」の響き合いが効いているので、このリズムを生かすためにも、第三句以降のリズムを整えてみてください。

■忍び込む男五人が教会で勝手に懺悔神もそぞろに

　前後のドラマというかストーリーを感じさせる歌ですね。教会に忍び込むというその暴挙が、まず懺悔の対象になるということに気づいていないところが可笑しいです。「勝手に懺悔」という表現で、じゅうぶん「神もそぞろ」な感じは出ているかと。ここをカットして、そのぶん、懺悔している様子とか、あるいは教会の内部の描写などを入れると、よりリアルになるかと思います。

　今回は、変わったタイプの短歌に挑戦してくれて、頼もしく思いました（ご本人は、それほど変わっているという自覚はないかもしれませんが……でもまた、それもいいところ)。

ではでは、音楽劇という試みが、収穫の多い体験となりますように。そうそう、ブーケトスのことですが、あれはあまり効き目はありません。私、何回もキャッチして、今にいたっております。

一青窈さんの改作

鎌倉に来ております。

桜がこれでもか!と咲いています。

東京よりも先に散ってしまったのか葉の緑が多い気がします。

とってもきれい。

タルタルがあるならあると言ってほしかったソースがけ二秒前　←

◎タルタルがあるならあると言ってくれソースしたたるその2秒前

忍び込む男五人が教会で勝手に懺悔神もそぞろに　←

◎忍び込む男五人が教会で勝手に懺悔あー　MEN　冷やそー　MEN

「神もそぞろに」を
○見よう見まねで
○神は不在で
○てんでばらばら
にしようと思ったのですが、もうちょっと遊んでみました。
やりすぎですか？

俵万智さんの返信

鎌倉、いいですね。神奈川県立近代美術館が私は大好きです。

■タルタルがあるならあると言ってくれソースしたたるその2秒前

「言ってくれ」という強い調子にしたことで、全体がひきしまりましたね。

「したたる」も、臨場感があっていいです。「タルタル」との音の響きあいも、おもしろいですね。さらに、ここまでの推敲で二文字余裕ができ、その二文字に「その」をあてたところがすごい。リズムが身についてきたなあと感じます。この「その」は、三十一文字という定型から引き出されたものとも言えますが、とても効果的に働いています。二秒前が、よりスリリングに感じられますね。

■忍び込む男五人が教会で勝手に懺悔あー MEN 冷やそー MEN

子どものころ「アーメン、ソーメン、冷やソーメン」とふざけたものでしたが、さらに男の「MEN」まで、かけた言葉遊びですね。この方向でいくなら、リズムを整えたほうがいいと思います（言葉遊びは隙がないほどうまくいくので）が、やはりちょっと遊びすぎの感じもするので、ここは、残りの候補のどれかでいきましょうか。

それぞれ「あり」だと思いますが、「神は不在で」だと少し観念的な感じ、「てんでばらばら」だと軽すぎる感じ……。「見よう見まねで」が、形から入ろうとしている様子がよく出ていて、男たちの滑稽な感じも伝わるので、私はこれが一番いいと思いました。

一青窈さんの改作

今日は雨と風ですっかり桜が散ってしまってます。

桜が風に舞う様は夢みたいで、「わぁ」とか「おぉ」とか思わず声がもれ出ます。

忍び込む男五人が教会で勝手に懺悔あー MEN 冷やそー MEN ←

◎忍び込む男五人が教会で勝手に懺悔　見よう見まねで締めたいと思います。

ありがとうございました。

第八回　定型という皿

一青窈さんの三首

インドネシアのモヨ島というところに来ています。ここはジャングルもあるし何よりもエメラルドグリーンの海が別格です。ついた早々、さっそく宿泊するテントの目の前の海にダイブ。わずか一メートルも進めば色とりどりのお魚たち。まぁ、プランクトンやらミニミニくらげやら刺されましたがなんのその。しっかりスキューバダイビングしました。やほぅ。

◎珊瑚触れしっぺ返しに真水と酢で洗い流す右手が寿司屋

そこで初めて出会った珊瑚、ファイヤーコーラル。アナサンゴモドキ類で強力な刺胞毒を持っているのを知らずにちょっと触れてしまった私はびびとヤラレてしまいました。ごめんなさい、潮に流されてほんのちょっとつかまりたかったんです。

◎火照る肌を沈めたければアロエが実家の母を思い出させて

みみずばれと日焼け後のケアに、何かアフターサンローションは無いかと尋ねたらにこやかに持ってきてくれたのがアロエ。うちの庭でわんさか咲いていたのを思い出します。うっかり火傷したらぬるぬると塗って冷ましていました。

◎緑の庭でギネス目指すもモヨのバッタはティンカーベル

ここの島のバッタは二メートル近くをぴょーんと跳ね回る。恐るべし飛躍力。緑色の魔法をガーデンにまき散らす妖精のようでした。

俵万智さんの返信

ダウンのコートとマスクが手放せない仙台です。体はちぢこまりながら、メールを読んでいるうちに、心が青く明るく澄んでくるのを感じました。今回も、とびきりのネタですね。一首目に寿司屋という言葉が出てきましたが、短歌の場合も、ネタそのものに魅力がある場合は、あまり複雑な調理は施さずに、刺身で出してしまうのがいいようです。逆に、日常的なありふれた素材なら、繊細なソースを工夫したり、よーく煮込んでみたりします。いずれの場合も、定型という皿からはみ出さず、その形を生かして盛りつけるのがベストです。

■珊瑚触れしっぺ返しに真水と酢で洗い流す右手が寿司屋

定型に言葉を入れる窮屈感が、少しあるように思われました。寿司屋のたとえも、おもしろいのですが、ここはファイヤーコーラルという珍しい素材（しかもそれに刺されるという珍しい体験）に絞って、「珊瑚に刺されちゃった！」という歌にしたほうがネタが生きるのではないかと思います。字数が余るようだったら、潮に流されてうっかりつかまったら、という状況を補足してもいいし、びびびとヤラれた感触に焦点をあててもいいかもしれませんね。

■火照る肌を沈めたければアロエが実家の母を思い出させて

アロエという素材によって、旅先と実家がクロスするという感覚は、とてもいいなと思いました。「沈めたければ」という仮定よりも、実際に「沈めているうちに」とか「沈めておれば（沈めていると）」、実家の母を思い出した……という流れにしたほうが、よりリアルになるのではないでしょうか。

■緑の庭でギネス目指すもモヨのバッタはティンカーベル

これもまた、魅力的な素材ですね。「モヨのバッタはティンカーベル」という簡潔な比喩が、とてもよく生きています。ギネスで世界一を目指すという表現もなるほどと思われましたが、地の文にあった「二メートル」という数字に、より驚きと説得力を感じます。

「緑色の魔法をガーデンにまき散らす」という表現も捨てがたく、これをそのまま上の句にしてもいいかなと思いました。

一青窈さんの改作

珊瑚触れしっぺ返しに真水と酢で洗い流す右手が寿司屋　←

◎海凪いで一休みしたファイヤーコーラル怒らせたのは私の手

◎止まり木代わりにファイヤーコーラルの怒りを買ってびび腫れたり

ですかしら。ちょっとむつかしいな。

火照る肌を沈めたければアロエが実家の母を思い出させて　←

◎火照る肌を沈めておればアロエが実家の母を思い出させて

緑の庭でギネス目指すもモヨのバッタはティンカーベル　←

◎緑の魔法を庭にまき散らすわモヨのバッタはティンカーベル

俵万智さんの返信

■止まり木代わりにファイヤーコーラルの怒りを買ってびび腫れたり

こちらの改作のほうが、いいと思いました。「止まり木」という言葉で、「潮に流されてほんのちょっとつかまりたかった」という状況が、簡潔に伝わってきますね。結句の「びび腫れたり」も、臨場感があって、おもしろいです。出だしの「止まり木代わりに」が、このままだと説明的に響いてしまうのが、惜しい。たとえば「止まり木の代わりの」としてみては、いかがでしょうか。意味は同じでも、リズムがなめらかになって、スムーズにファイヤーコーラルが登場できるような気がしませんか？　登場といえば、怒りを買って、という擬人法、なかなか効いています。改作前の珊瑚より、ずっと生き生きしていますね。

■火照る肌を沈めておればアロエが実家の母を思い出させて

これは、ほぼ完成ですね。「火照る肌を」の字余りは、もてあますような火照り感と呼応していていいと思うのですが、「アロエが」のところの字足らずが、気になります。この歌の主役であるアロエのところが字足らずだと、ちょっと不安定な感じになるんですよね。思いきって「キダチアロエが」とか「アロエベラが」と字余りにしてしまうぐらいのほうが、存在感が増すのではないでしょうか。

■緑の魔法を庭にまき散らすわモヨのバッタはティンカーベル

「魔法」という語を上の句に出したことで、結句のティンカーベルが、より自然になりましたね。「わ」に、その場の驚きがこめられていて、これもなかなかいいと思いました。細かいですが「緑色の」としたほうが、リズムは整います。でも「緑の魔法」と「緑色の魔法」では、だいぶニュアンスが違うので、「緑の魔法」という言葉を大切にしたいのなら、このままでもいいかと思います。

第九回　字余りでもオッケー

一青窈さんの三首

不況、と言葉を改めて書くまでもなくあちらこちらで事業計画が中止になっています。沖縄の瀬底島にふらり立ち寄ってみたら建設途中で放棄された大型リゾートホテルの残骸がありました。

人間は本当に自分勝手だなぁとつくづく実感し、一〇年くらいこのままなんだと思うと怖くなりました。

◎新品の資材ほかされ瀬底島、海は喜び町はがっかり

冬は寒くてなかなか身体が言う事をきかないです。シャワーも浴びずに一日まるまってると髪の毛がオイリーになってきて……

◎丸一日《まるひとひ》外に出ずせば髪も張り付き女リーマン

「出なけりゃ」という意味にしたいのですが「出ずせば」って言葉はアリでしょうか？

ミュージカル「エリザベート」を観に行きました。目の前に座った夫婦がとても睦まじく、しかし。

◎幕前に寄り添う妻がお目当てにオペラグラスを奪う早さは

俵万智さんの返信

不況、沖縄、というと、数年前に旅したときの一枚の貼り紙を思い出します。賃貸の物件の窓に「借りてください！」って貼ってあったんです。その切実な感じが印象に残りました。建設途中で放棄された残骸……使われた果ての廃墟とは違う、いっそうの虚しさがありますね。

■新品の資材ほかされ瀬底島、海は喜び町はがっかり

瀬底島という固有名詞を入れたのが効いています。「ほかす」は「捨てる」の方言ですが、少しわかりにくいかも。下の句、確かにそうなんですが、オチがつきすぎているように感じられました。海の表情か、町の表情か、どちらかに絞ったほうがいいかと思います。結果として、書かなかったほうの表情も想像できるような感じだと、さらにいいのですが、欲ばりすぎかな？

■丸一日外《まるひとひ》に出ずせば髪も張り付き女リーマン

「出なけりゃ」という意味なら「出でねば」か「出でざれば」ですね。結句は「髪がベタっとしてきて、女だてらにサラリーマンっぽくなっている」という意味かと思いますが、「張り付き」だけでは、わかりにくいかも。たとえば、地の文にあった「オイリー」などの語をつかって、もう少し状況が見えるようにしてみてください。

■幕前に寄り添う妻がお目当てにオペラグラスを奪う早さは

観劇のなかでも、おもしろいところに取材しましたね。仲むつまじく見えていた夫妻の、妻のかわいらしい豹変ぶり……。このままだと「寄り添う」と「奪う」のあいだに時間差がないように感じられるので、仲むつまじい様子が、少し前のこととわかるように、過去形（寄り添いし）を使ったほうがいいかと思います。下の句、スピード感があっていいですね。お目当ては、誰だったんでしょうか……やっぱりトート役かな？　私は、初演の山口祐一郎さんと、内野聖陽さんのトートを見ました。

一青窈さんの改作

新品の資材ほかされ瀬底島、海は喜び町はがっかり　←

◎捨てられた資材も海もキラキラと瀬底島より届かぬ悲鳴

◎丸一日《まるひとひ》外に出でねば髪の毛がオイリーになる三十路過ぎなの

丸一日《まるひとひ》外に出ずせば髪も張り付き女リーマン ←

……情報量多すぎで、かえって想像力を失いますかしら。

◎幕前寄り添いし妻がお目当てにオペラグラスを奪う早さは

幕前に寄り添う妻がお目当てにオペラグラスを奪う早さは ←

お目当てはなんと、涼風真世さんです。素敵なドレスにうっとり模様でした。とても可愛い初老の夫婦でした。

俵万智さんの返信

■捨てられた資材も海もキラキラと瀬底島より届かぬ悲鳴

推敲して、とてもよくなりましたね。「資材も海も」に、現実の皮肉みたいなものが感じられて、注目しました。平和そうに見える風景のなかの毒が伝わってきます。

欲をいうと「キラキラと」かな。オノマトペは、ごく普通のつかいかたをしてしまうと、普通よりマイナスのイメージになってしまうという、やっかいな面があります。一工夫したつかいかたか、独自のオノマトペか、そうでなかったら、いっそ「輝いて」とか、普通の動詞にまかせてしまったほうが無難でさえあります（最後のは、やや逃げの方法ではありますが）。

■丸一日《まるひとひ》外に出でねば髪の毛がオイリーになる三十路過ぎなの

これで、状況はとてもよくわかるようになりましたが、そのぶん謎がなくなって、確かに「想像」の余地が残されていない歌になってしまいました。

わかりにくいのは困るけれど、わかりすぎてもおもしろくない……。この歌の場合、結句の「三十路過ぎなの」がダメ押しのわかりやすさの原因かとも思うので、ここに、たとえば部屋の中の様子を思わせるモノをぽんと入れてみるとかして、ほんの少しはぐらかしてみるといいかもしれません。

■幕前寄り添いし妻がお目当てにオペラグラスを奪う早さは

過去形にして、よりわかりやすくなりましたね。字数のことを気にして「に」をとられたのかしら？　初句は、「幕前に」と「に」を残したほうが、安定します。

「マクマエヨ　リソイシツマガ」と、五七で読んでもらうのは、かえって難しく、「マク

マエニ　ヨリソイシツマガ」と、五八ではありますが、助詞の字余りは気になりにくいし、こちらのほうが意味の流れにそって自然に読めるので、こういう場合は字余りでもオッケーです。

第十回　駄洒落も立派なことば遊び

一青窈さんの三首

神戸に向かう道中より、一青窈です。

友達の挙式にお呼ばれするたび変なプライドと見栄でなんとも不思議な気持ちになります。

◎披露宴なまじ歌手ほどこそばゆい歌わされても歌わなくとも

大学時代に男友達からよく本をプレゼントされました。

◎我が家に増えるばかりの「星の王子様」お土産ならばあなたがいいわ

駄洒落みたいですが……新幹線を待つ間に書きました。

◎立ち尽くす私に大丈夫だと「のぞみ」が消えてもまた「ひかり」来る

俵万智さんの返信

神戸！　実は私も、明日あさってと神戸なんです。

■披露宴なまじ歌手ほどこそばゆい歌わされても歌わなくとも

「こそばゆい」という感覚、なるほどなあと思いました。リズムにのった下の句が、とてもいいですね。対になった表現が、「どっちにしても」という感じを、よく出しています。プロの歌手のかたとカラオケに行ったことがありますが、「果たして、この人は歌うのだろうか⁉」に始まって「歌うとしたら自分の歌？　それとも他の人の歌？」「おお、歌ってくれた、すごい、うまい、しかしタダで聞いて申し訳ない」みたいな揺れる感情があったことを思い出しました。きっと、一青さんを披露宴にお迎えするほうも、いろいろ悩まれたことでしょう。

「なまじ」という一語が、説明的に響くのが惜しいので、これを削って、もう少しフラットな表現にすれば完璧です。こういう立場の人にしか詠めない歌、そしてこういう立場でない人にもよく伝わる歌、さらに似たような立場の人に「そうそう！」と共感を呼ぶ、いい歌だと思います。

■我が家に増えるばかりの「星の王子様」お土産ならばあなたがいいわ

「星の王子様」という固有名詞が効いていますね。ロマンチックで心がまっすぐな感じの男性を思い浮かべましたが、贈りものとしては成功しなかったようで。あなたこそが、私の王子様なのに……という含みも、下の句から伝わってきます。すでに自分が持っていて、さらにプレゼントされて、ということでしょうか。「増えるばかりの」だと、何冊も増えたような印象になるので、二冊目の、とか、増えてしまった、とか、少し表現を変えたほうがわかりやすいかと思います。

■立ち尽くす私に大丈夫だと「のぞみ」が消えてもまた「ひかり」来る

駄洒落だって、立派な言葉遊び。この歌も、固有名詞の生かしかたが、おもしろいですね。神戸にとまる新幹線「のぞみ」、そう多くはない。できれば「のぞみ」に乗りたいと思って急いだのに、その望みは消え、けれどなぐさめるように「ひかり」号が来て、希望の光となった……というわけですね。「大丈夫だと」の部分は、下の句でじゅうぶん伝わると思うので、これを削って、神戸駅という語を入れたほうが状況が鮮明になるかもしれません。

私は、「のぞみ」からさらに乗り換えて、「はやて」のように仙台に帰る予定です。

一青窈さんの改作

神戸は建物が低くて安心します。空気がきれいな気までする。

披露宴なまじ歌手ほどこそばゆい歌わされても歌わなくとも　←

◎披露宴此れが仕事じゃこそばゆい歌わされても歌わなくとも

此処……なのかしら。

我が家に増えるばかりの「星の王子様」お土産ならばあなたがいいわ　←

◎我が家に三冊目の「星の王子様」お土産ならばあなたがいいわ

立ち尽くす私に大丈夫だと「のぞみ」が消えてもまた「ひかり」来る　←

◎新神戸駅立ち尽くすに「のぞみ」が消えてもまた「ひかり」来る

俵万智さんの返信

私も無事神戸に着きました。もとチャペルだったという神戸文学館が、趣のあるたたずまいを見せています。その前庭に、「平和の日」を記念して、ペンクラブのみなさんとサザンカを植樹してきました。

■披露宴此れが仕事じゃこそばゆい歌わされても歌わなくとも

なるほど、友人の披露宴で仕事で歌ったらそれはこそばゆそう！　と思いましたが、「歌わなくとも」が浮いてしまうことに気づきました。やはり「歌手」ゆえ、歌っても（プロだけど友人として歌うことに対して）、歌わなくても（プロなのにリクエストされないという気のつかわれかたに対して）、こそばゆい……という文脈のほうが生きますね。「歌手」という言葉、復活させるのも一案です。

■我が家に三冊目の「星の王子様」お土産ならばあなたがいいわ

三冊目、いいですね！　二冊ならまだしも、三冊となると、そこはかとないウンザリ感が出て、とてもいいと思いました。

■新神戸駅立ち尽くすに「のぞみ」が消えてもまた「ひかり」来る

そうでした。新幹線は「神戸」ではなく「新神戸」でしたね。上の句のぎくしゃくしたリズムが「あーあ」感をよく出していますが、もとの歌にあったように「立ち尽くす私に」と「私」を入れてもいいかと思います。今後、「のぞみ」を逃してしまったら、かならずこの歌の下の句が、頭に浮かびそうです……。

第十一回　五七五七七に言葉をカッティング

一青窈さんの三首

よくされる質問は、
なぜ裸足で歌うの？　と、
本名なの？　と、

◎たまの電話で台湾のススメは？とタウンページの女か私です。

わたしはといえば旅行三昧です。インドのデリーから一時間ばかし飛行機に乗って標高三五〇〇メートルの山中ラダック・レーに行って参りました。チベットよりチベットらしいと言われる聖地です。

◎ススキぼうきが逆さに刺さったみたいな木々ばかりラダックの冬

あまりの寒さでヒートテックを4枚重ねで過ごしていました。凍っているので、ひねれどもひねれども蛇口から水は出ません………。習慣って怖いですね。

◎リンス出来ぬバケツ一杯の熱湯風呂身体だけの夜を過ごす

俵万智さんの返信

「本名なの？」は、私もよくされる質問です。二人とも本名、なんですよね。

■たまの電話で台湾のススメは？とタウンページの女か私

ほろ苦いため息が聞こえてきそうな下の句、「タウンページ」という言葉が新鮮でおもしろいですね。「台湾のススメ」というと「学問のススメ」みたく、台湾そのものをススメる感じになるので、ここは「オススメ」にしたいところ。

流れるような下の句を生かすためにも、上の句のリズムを、もう少し五七五に近づけて整えたほうが、読みやすくなるかと思います。

■ススキぼうきが逆さに刺さったみたいな木々ばかりラダックの冬

ほとんどの人が見たことのない風景を、言葉で描写して伝えるのは、なかなか難しいことです。が、この比喩のおかげで、私なりの「ラダックの冬」の風景が心に浮かびました。

荒涼としたモノトーンの世界。切り絵のように並ぶ樹木たち。その雰囲気を生かすための破調も、ありかと思いますが、「ラダックの冬」という七音の着地をぴたっと決める意味でも、五七五七七に言葉をカッティングしてみてはいかがでしょうか。

■リンス出来ぬバケツ一杯の熱湯風呂身体だけの夜を過ごす

日本から遠く離れた日常を、「リンス出来ぬバケツ一杯の熱湯風呂」が的確に伝えてくれますね。こういう具体的な描写は、短歌にとって、とても大切です。「身体だけの夜」は、自分自身が身体だけになったような、強烈に身体だけを意識させられる夜……という意味でしょうか。それとも、髪が洗えず身体だけ、という程度のことかな？　ここがややわかりにくかったです。「○○○○○　○○○○○○○　リンス出来ぬバケツ一杯の熱湯風呂に」というふうに、上下を入れ替えてまとめてみるのも一案かなと思いました。

一青窈さんの改作

お返事です。今日は桜吹雪に身を任せ近所の公園でせっせと創りました。
まずは御直しから。

たまの電話で台湾のススメは?とタウンページの女か私　←

◎オススメは？たまの電話で台湾のタウンページの女か私

ススキぼうきが逆さに刺さったみたいな木々ばかりラダックの冬　←

◎逆さまのススキぼうきが千々山々に生えているよなラダックの冬

リンス出来ぬバケツ一杯の熱湯風呂身体だけの夜を過ごす　←

◎身体だけキレイキレイでリンス出来ぬバケツ一杯の熱湯風呂は

そして追加です。

◎高山で頭痛防止に酒控えヒートテックを4枚重ね

◎手桶水ベンキの奥へ消えてください「うんこらせっ」と勢いつける

◎赤い染み、まさかなったか飛び起きる湯たんぽの栓確かめてあぁ

俵万智さんの返信

東京は桜吹雪ですか！　仙台は、ようやく開花したところで、見ごろは少し先になりそうです。今回のお直し、そして新作、のびのびした感じが伝わってきます。外での創作、正解かもしれません。パソコンがないところでも、鉛筆一本、紙一枚あれば書けてしまうのは、短い詩の強みでもあります。

■オススメは？たまの電話で台湾のタウンページの女か私

キマりましたね。初句に、いきなり会話を持ってきたことによって、電話の臨場感がよく出ています。「たま」「台湾」「タウン」と「た音」の連続が、推敲前よりも、ずっと響いてくるのは、リズムが整ったおかげかと。音の連続で、ちょっとウンザリしているニュアンスも、いい感じに出ました。

■逆さまのススキぼうきが千々山々に生えているよなラダックの冬

「千々」という言葉を持ってきたの、いいですね。「千」という漢字の姿が、なんだかススキぼうきに見えてきます。第三句「千々山に」のほうが、すっきりするかも。元の歌にあった「刺さった」という動詞、荒涼としたムードを出していて捨てがたいなと思ったのですが、「ほうきが……生える」というのも、おもしろいですね。

■身体だけキレイキレイでリンス出来ぬバケツ一杯の熱湯風呂は

これはこれで、まとまったなという感じですが、「身体だけキレイキレイで」が説明に聞こえるのがもったいなく思えてきました（前回のメールで、私が説明を求めてしまったかなと反省しつつ）。「リンス出来ぬバケツ一杯の熱湯風呂は」だけで、充分にワイルドな状況は伝わると思うんですよね。初句と第二句をつかって、このワイルドな場所を思い浮かべるヒントを増やしてみては、いかがでしょうか。単純に地名でもいいし、エキゾチックなホテルの名前とか、あるいはバケツを運んできてくれた人のたたずまいとか、風呂のまわりの様子とか。そういうことからまったく離れて、熱湯風呂をつかっていた時の自分の心に浮かんだことを、ポンと入れる、というのでも、おもしろくなりそうです。

■高山で頭痛防止に酒控えヒートテックを4枚重ね

ただ「寒い」と一〇〇回書かれても伝わらない寒さが、「ヒートテックを4枚重ね」で、ぶるっと伝わってきます。ここのところは、とてもいいと思うのですが、上の句がこのままだと、なんというか、作者の「思い」が見えてこないような気がします。事実だけを並べても、もちろん短歌はできますし、必ず「思い」を表す言葉がいるわけではないのですが。事実だけが書かれていても、その事実を言葉としてピックアップした「思い」はあるはずなんですね。それが、感じられるといいなあと。「ヒートテックを4枚重ね」も、言ってみれば事実だけなんですが、ここには、この言葉を選んだ思いというか、選んだ人の息づかいが感じられるのです。この部分と「高山で頭痛防止に酒控え」の違いを考え、味わうのは、意外と大事かもしれません。

■手桶水ベンキの奥へ消えてください「うんこらせっ」と勢いつける

こういう場面をさらっと歌にしてしまう一青さんに、毎度驚かされます。何に向かって「消えてください」と言っているかは、かけごえがヒントですね。「消えてください」と、ちょっと泣きが入っているところが、なんともユーモラスで、いいなあと思いました。結句の現在形も、なかなか効いています。

■赤い染み、まさかなったか飛び起きる湯たんぽの栓確かめてあぁ

「赤い染み」とあるので、生理のことかなと思ったのですが、湯たんぽから赤い液体がもれることがあるのかな？　と、上の句と下の句のつながりがわかりにくかったです。勢いのある口語が、ぴたっと定型におさまっているところはいいと思うので、できればこの疑問を解消しつつ、説明にはならず、勢いのあるリズムは残してほしい……と、欲ばった注文ですが、トライしてみてください。

一青窈さんの改作

逆さまのススキぼうきが千々山々に生えているよなラダックの冬　←

◎逆さまのススキぼうきが千々山に刺さったようなラダックの冬

身体だけキレイキレイでリンス出来ぬバケツ一杯の熱湯風呂は　←

◎ちろちろとありがたがってリンス出来ぬバケツ一杯の熱湯風呂は

高山で頭痛防止に酒控えヒートテックを4枚重ね　←

◎オマシラで酒も飲めない0時前ヒートテックを4枚重ね

高山病を助けてしまうのか、お酒は控えて！　と言われてなんとか我慢しました。オマシラはラダックのレーで最高級ホテルだそう。でも、水が出ない………。冬らしい冬ですね。23時に電気が落ちるのであえて、0時に重ね着して寝込む風景を盛り込みました。

赤い染み、まさかなったか飛び起きる湯たんぽの栓確かめてあぁ　←

◎赤い染み、まさかなったか飛び起きる湯たんぽの湯が毛布を伝い

かけていた毛布が赤い色でそれが滲んだのであぁ、と思ったのです。

俵万智さんの返信

■逆さまのススキぼうきが千々山に刺さったようなラダックの冬

完成！　言葉で描いた絵葉書をもらったような気持ちになりました。

■ちろちろとありがたがってリンス出来ぬバケツ一杯の熱湯風呂は

キレイキレイより、「ちろちろと」のほうが、実感が伝わりますね。よくなったと思います。

■オマシラで酒も飲めない０時前ヒートテックを４枚重ね

気圧が低いと、お酒がよくまわるらしいですね。推敲前には感じられなかった「お酒飲めない↓体があたたまらない↓いっそう寒い↓４枚重ね」というつながりが加わって、寒さが二枚重ねになりました。オマシラっていう異国のまじないみたいな響きが、おもしろい。不思議な固有名詞が、日本からの遠さを感じさせます。

■赤い染み、まさかなったか飛び起きる湯たんぽの湯が毛布を伝い

そういうことだったんですね。毛布の色が赤、ということが歌の中に盛り込めれば、いっそうわかりやすいかと思います。

特別吟行会

俵万智
一青窈
ゲスト　穂村弘

吟行会の前に

俵　特に吟行のルールというものはないと思うのですが、どうでしょう。
穂村　習ったりしたことはないですね。
俵　穂村さんは今までどんな吟行をされてきましたか？「かばん」の仲間と一緒に出かけたりとかでしょうか。
穂村　そうですね。まあ、今回みたいな文学散歩っていうのはあまりないけれど、旅先でしたこともあるし、あとディズニーランド吟行とか……。
一青　へえー。
穂村　サンシャイン水族館吟行とか。なんだか遠足に吟行がくっついているみたいなヴァージョンが割に多いかな。
俵　私も「心の花」の人たちと、奥多摩にいってみたりだとか、小旅行的な感じで、みんなで歌を作るということをしますね。
　吟行に特にルールはないのだけれど、事前に八割方作ってきて、当日残りの二割を仕上げるっていう方法をとると、あまり上手くいかないなっていうのが、私の感じていることです。

昨年は『源氏物語』千年紀ということで、源氏の縁の場所へ、新聞を通じて集った人たちと一緒に吟行をしたのですが、そういう会にいくと、家でだいたい作ってきたなっていう歌があるんです。後はその日の天気で雨だったり晴れだったりの歌にするという（笑）。でもそうすると、新鮮味がなくなるという感じがしましたね。

一青　吟行会と聞いて、その日に感じたフレッシュな感動を瞬時に一、二時間でかためられるんだっていうのが私の中では驚きでした。私は一ヶ月にあったことを悶々と考えながら、がんばってやっと歌を作り、俵さんに「出来ましたー」って送っているので。その瞬発力っていつも作っているから出来ることなのでしょうか。そんなにすぐに詠えるものなのですか？

穂村　いや、難しいですよね。例えば吟行で立派なものを見てちゃんと詠おうと思うと、絵葉書みたいになってしまう。ちゃんとしたものを見るときは、視線をずらさないと駄目ですね。真正面から見ると誰が詠ってもほぼ同じアングルになっちゃうから、立派なもののほうがやりにくい。だって今日歩く場所に関係している樋口一葉だって、独自の一葉像とか描けないじゃない？　一葉の井戸を見て、僕だけの一葉を摑んだなんて言えないよ（笑）。

俵　「いちょうのいど」で、あ、七だって思ったときにみんなそれを使ってしまう危険はありますね（笑）。

一青　じゃあ、目的地の手前で気になったものがあったら、ちょっとここで詠もうみたいになるんですか？

俵　そうですね。やっぱり気になるっていうのが大事なんじゃないかな。

小池光さんが前に何かのインタビューで、歌を作ろうと思うと散歩に出る、歌を拾いに行くって答えてらした。歌は落ちてるんです、なんて面白いことをおっしゃるんですね。私には衝撃的でした、歌を拾いに行くっていうのが。

一青　吟行では歌を歩きながらお互いに読みあうのですか？　それとも作り上げるのは最後にどこかで？

俵　その場で思いついたのなら、ポストを机にして書いてもいいし、言葉のかけらだけちょっとメモして、それを頭の中で転がしながら歩いてもいいと思います。

どうしても吟行というと、穂村さんが言うように絵葉書になりがちだから、私は今日は小池さんの言う散歩して歌を拾いに行くという方式にトライしてみたい。手元にある地図に書いていないことが、今から歩く実際の生の世界に展開しているわけだから、そこで何かこう出会い頭に「あっ」と思うことがあったらつかまえてきて、それが別に本郷だってわからなくてもいいって思うんです。

穂村　逆に、はっきり拒否する人もいますね。吟行なんて邪道だ、と。葛原妙子は確か拒否していましたね。それこそ、一ヶ月、いや十年悶々として出来るのが歌なのに、そこらを歩いて歌が出来るなんて何甘いこと言ってんだ、みたいな発想の人もいますしね。塚本邦雄も散歩して歌を作ったというけど、彼は脳内風景だから別に散歩で見た景色を詠ったわけではないし。小池さんが言っていることも、ある程度はいつもと違うものがいやでも見えるってことなんじゃないかな。

俵　机に向かっているだけでは湧いてこないものが、何かこうポンとこじ開けられる。そこで、自分の頭の中にあったものが形をとってくる。そういうことなんでしょうね。

穂村　それから、例えばこうやって集まった時、今日はみんなまあそれなり（笑）ですが、一人だけ厚着の人がいたら、名所旧跡とは関係ないけれど、すごく厚いコートを着ている人のことを、「重そうな人が一人」って詠めますよね。それは吟行しないと出来ないことだから。

一青　私もよく歌詞を書くときに、バスとか電車とかに乗るんですけれど、自分がつらい状況になることが多くて、例えばこの間渋谷の１０９に行ったらつらすぎて（笑）。若者のエネルギーが溢れすぎていたからですが、そういうことってないんですか。吟行会でもこう歴史が重すぎて無理、とか……。

俵　先程言った吟行会では源氏の縁の地、五ヶ所くらいに行ったのですが、なかなか難しかったですね。源氏の世界をそのまま歌にするっていうよりは、その日の嘱目みたいなこと、気になった花が咲いていたとか、人力車が走っていて、それを引いてくれる若いイケメンの男子の口から「光源氏が……」って言葉が出たりだとか、何かそういう新鮮さの方が歌になったりしますね。やっぱり真正面から、石山寺で紫式部が最初に書いたなんてことは、よほど思い入れがないと歌にはしづらいですね。

穂村　僕も原爆ドームで一回吟行をやったとき、これはきつかった。ものすごい歴史の重圧があって、とても自分がこの場で作る一首では支えきれない。でもいったん見てしまうと、その横にかわいいお花が咲いているから、原爆ドームを無視して花が詠えるかといったら、それも金縛りにあったように出来なくて、それこそつらい状況でしたね。

俵　それでどうしたんですか。

穂村　詠いましたけどね、原爆の歌を（参考・〈アトミック・ボムの爆心地点にてはだかで石鹸剝いている夜〉）。でもこんなのダメだって、批判されました。

一青　それは仲間に批判されるのですか？

穂村　小池光さんに「日本人は原爆のことをアトミック・ボムとは言わないだろう」って言われて、ぐさっときました。

俵　それは、落とした側の言葉だと？

穂村　こんなの外国人の観光客の言葉だろうということでしょう。実際にそういう英語の表示があったんだけど、でもようするに、身に迫る痛みとかなかったということでは、僕と外国人の観光客は変わりがない。それがそのまま出てしまって、ある意味実力通りなわ

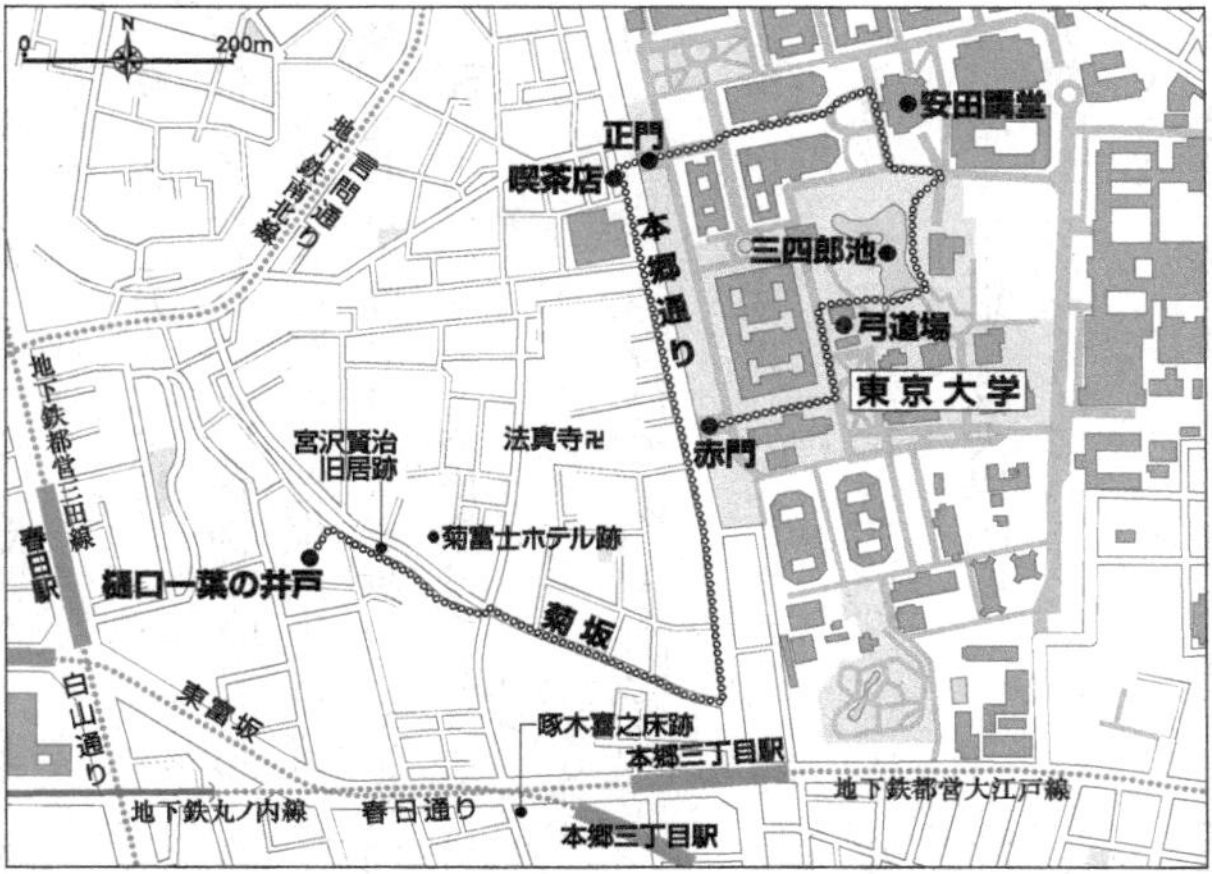

〈吟行ルート〉

けです。そういう怖さもあります。

俵　さっき穂村さんと話していて、ふたりともあまり吟行は得意ではないことがわかりました。今日は頼りにならない先生かもしれません（笑）。

穂村　だって僕は見ないよ、立派なものは（笑）。

俵　ただ、追い込むっていうと重いけれど、ある時間集中してみんなが歌を拾うっていうのは、いつもと違う環境で言葉探しをすることになりますから、トレーニングとしていい刺激になるんじゃないかなって思います。

穂村　同じ道を散歩してブログにアップする写真撮るのだって、きっと立派なものを同じアングルで真正面からは撮らないじゃない。かといって完全にどこにでもあるものでも意味がなくなっちゃうから、その微妙なところを狙いたいじゃないですか。

一青　確かにそうですね。

穂村　歩いたコースを彷彿とさせつつ、ささやかに独自みたいな。赤門を撮るんじゃなくて、みるからに賢そうな東大生を撮るとかね（笑）。

俵　同じ日に同じコースを歩いても絶対同じ歌は生まれないという面白さはありますね。

小誌　では、そろそろ出掛けましょう。目標三首で。

約一時間半の吟行の後、室内に入り、作歌することしばし……

小誌　ではまず穂村さんの歌から。

一青窈にこやかに立つマンホールに「東京帝國大學暗渠」　弘

俵　私も「東京帝國大學暗渠」っていう結句を考えました。

穂村　七七だから、これあるかなって僕も思いました。マンホールの文字をみんな凝視していたし。

俵　そう。私も使いたいなって思ったんだけれど、上がうまく納まらなかった。この歌は挨拶も入っていますね。

一青　挨拶ってなんですか？

俵　挨拶ってその日に参加していた人とか、その土地に対する呼びかけの言葉っていうのかな。

一青　まず普通に自分の名前が入ってるだけでちょっと嬉しい。暗渠とにこやかっていう相反するものの感じも感覚でよくわかります。

穂村　意図としては一青さんのルーツに対する意識が少しあるんですよね。

一青　ルーツ？

穂村　東京帝國大學って今ないわけじゃない。日本が大日本帝國でないように、今は東京大学でしょう。一青さんのルーツにある台湾と、日本の歴史の中のある暗さみたいなもの。もちろん今日の一青さんにはそんな意識は全然ないから、マンホールの上でにこやかに笑っていたけれど。暗渠って蓋をされてしまった水の流れなわけで、その下には大日本帝國時代の歴史も流れているんだという。

オレンジの毛虫うねうねうねうねと波打っている　こっちがあたま　　弘

俵　毛虫なんかいました？

穂村 東大の構内にいたよ。

一青 全然スルーしてました（笑）。

俵 こっちが頭っていうのが面白いよね。穂村節だな。

一青 私はまずこの「うねうねうねうね」っていうところで、こんなに文字数を使っていてすごいって思いました（笑）。

俵 「うねうね」が一個だとこの感じが出ないよね。この「うねうね」というひらがなの連なりを見ていると毛虫の形態が目に浮かぶ。やっぱりこれはこれだけの字数を使ったかいがある感じがしますね。こっちが頭かなってわかったんですね？

穂村 毛虫って動かないかぎりわからないでしょう、見下ろしているくらいじゃ。形態ではわからなくて、「うねうね」というのは移動している時だから、それで初めて進行方向が頭だなっていうのがわかる。最初これは「進む」とかそういう言葉があったんだけれど、それがあると進んでるからそっちが頭だっていうのがそのままになっちゃう。それで、わざと一段階消そうかなと、「進む」のような動詞を消したんですね。

俵 波打っていれば、進行方向でこっちが頭ってわかるってことですね。

一青 それを推敲っていうんですね。

穂村 でも一般的には「進む」っていう言葉があった方がわかりやすい話にはなるよね。

俵 私は「進む」は消して正解だと思う。

穂村　短歌をやる人の感覚だと消すよね。でも読者は進んでいるから頭だ、まで言わないともしかしたらわからないかもしれない。

俵　波打って進んでいる毛虫を見てこっちが頭だなって考えた穂村さんと同じ思考経路を、読む人も味わえる。こういう風にした方がひと味面白くなると思います。

レーシック手術を受けた人々と桜の下ですれちがうなり　　弘

一青　これって桜の下で、僕は桜の細かいふさふさがそんなに見えてないのに、レーシック手術を受けた人はよく見えているっていう歌ですか？

メモを手に弓道場を覗く

（注・三人の間で、一青さんのレーシック手術のことが話題になった。）

穂村　ベースはそうですね。

俵　苦吟してたけど、ちゃんとレーシックで作っているじゃない（笑）。

穂村　レーシックでなんとかがんばろうと思って。あとは角膜と桜の花びらの重ね合わせかな。この人たちはみんな角膜を切った人たちで、その代わりに桜の花びらがすごくよく見えるようになったんだっていう（笑）。

一青　角膜と桜の重ね合わせなんですね。

俵　この「人々」ってところがちょっと怖い気がする。理屈を言えば、そんなのわからないはずなんだけれど、でも自分以外のみんなはすごくよく見えているっていう想像が怖い感じがしますよね。

穂村　はじめは、レーシック手術した人たちだけのお花見に自分だけぐりぐりメガネで行くっていう発想だったんです。

一青　ぐりぐりメガネってどんなものですか？

穂村　知らない？　瓶底メガネ。大槻ケンヂの歌に「少年、グリグリメガネを拾う」ってあったけど。

一青　イメージはわかりますが、今そんな人いないですよね。

小誌　次に俵さんの歌です。

うす紅の風のくちびる触れるとき三四郎池に落ちる花びら　　万智

一青　桜がうす紅の風なんですね。

俵　えっと、なんとなく風に色がついているような気がして。

歌のタネを探して……

穂村　人名が効いていますよね。恋愛のイメージがかぶさって、なんとなく古風な人名があってという。景色としては花びらが風で散るってことなんだけど、口づけのイメージが少しオーバーラップするっていうのかな。

今日はみんなが同じものを見ているから、これを見ていない読者とは、やっぱりビジョンの立ち上がり方が違うかもしれませんね。僕らは別に言わなくても、ああこれはあの池のあれだってわかる。

俵　「うす紅の」のところは最初ちょっと迷って、「ふうわりと」とか適当にしていたんだけど、つまらないかなと思って。ほんとは花びらの方に色がついているんだけど、まあ花びらと風が一体になるような、口づけのイメージがあったので、風の方に色を付けてしまっていいかなって。

いやあ、自分の歌を解説するのって、意外と照れますね(笑)。

穂村　実際に三四郎池に花びらが落ちていましたね。

喫茶店に二人と二人向きあえば車窓のごとしこのガラス窓　万智

一青　私「車窓」って言葉は、テレビの「世界の車窓から」で知っているくらいで、日常では全く使ったことないです。

穂村　確かにそういう言葉ですよね。

一青　とても美しい言葉だなあと思いますが、普通の会話ではなかなか使いませんね。

穂村　これは、コンパートメントのイメージですよね。山手線の車窓ではなくて。向かい合わせの席、ボックス席。ということは、長距離の移動のイメージ。これも二重性を表していて、実際には喫茶店だから移動しないわけですが、それをオーバーラップさせて、実際僕らが生きているということも含めると旅をしているということになるから、一種の車窓に見立てても、運命的なレベルならまあそうなのかな、と。上手いなと思うのは、「車窓のごとしこのガラス窓」、短歌の形で見ると、何の違和感も覚えないけど、じゃあ自分があの状況を五七五七七にしようと言われた時に、その語順はまず出てこないんじゃないでしょうか。「ガラス窓」っていう言葉だって、今は結構イレギュラーだと思いますし。

後は音数を合わせるために、「この」と入れていると思うのですが、その感じとかもね。

俵　ガラス窓じゃなくて、窓ガラスが普通なのかな（笑）。「この」は、自分が当事者っていうニュアンスもあります。喫茶店で休憩していて、二人と二人が向かい合って座っていて、おっしゃるようにコンパートメントのイメージが浮かんだんですね。外は道路で自動車が流れていて、風景が流れているみたいにしようかなと思ったけど、それじゃあ少し説明的になるかなと。

一青　確かに無言になるととりあえずみんなでちょっと外の景色を見る感じって、電車に乗っているのと似ていますね。

穂村　その状況にオーバーラップして、もうちょっと何か大きなものが見えてくるような感じがありますね。

俵　説明になるから言い過ぎるなと言いますが、その加減は難しいですよね。思い込みだけだと伝わらないし。

日曜の菊坂通り午後三時菊坂コロッケ売り切れており　　万智

一青　これは「菊坂」を二回入れるところがポイントなんですか。

俵　それは意識しましたね。三十一文字だから同じ言葉を入れるときには、無駄には入れられないけれど、この場合あえて入れました。

一青　こういう使い方が難しい……。

穂村　勇気がいりますよね、そのまんまに見えるから。勇気がいるんだけど、五七五七七の中で丁寧にそのまんまをやるっていうのは、そのまんまの上に別種の価値みたいなものが乗ってくる。一青さんが言われた「菊坂……菊坂」と繰り返すのもまさに一番のポイントで、「菊坂・菊坂・コロッケ・売り切れ」のあたりのカ行音の繰り返しがありますよね。こういう感じ。これを中途半端にやっちゃうと駄目で、この一首はそういう作りにするんだって決めて、他の部分を一切捨てるっていう勇気がないと、日曜午後三時、いつどこで誰がどうしたみたいなものになってしまう。

俵　小学生の作文みたいになってしまいますね。

穂村　だからどうしたって言われないように、堪えうるだけの作り込みをしないと。日曜じゃなければ、あるいは午後三時じゃなければコロッケは売り切れじゃない。そこには、日常の別の景色ももちろんあると思うんですけれど、でも僕らが行ったのは、一期一会的に、否応なしに日曜の午後三時だったからコロッケは売り切れだったわけで、どうしようもないですよね。そのどうしようもなく売り切れだったということを共有したのが、ここには込められているというのかな。

一青　私には「売り切れており」というのがすでにハードルが高くて、「売り切れている」では駄目なのかと思ったりします。

俵　もちろんそれでもいいんです、口語だから。でもなんとなく「おり」の方が余韻があるというのかな。ちょっとあのあたりのレトロな感じに似合うかと。あとは日曜日の午後のぬるい感じ。のんきなムードで、買おうと思ってもコロッケが売ってない、この感じをそのまま、空気を写し取れればなと思ったんですけれども。穂村さんのおっしゃったカ行音は、やっぱりコロッケ感を出すために（笑）、この一首はコロッケが主役だったから。

残念ながらコロッケは売り切れ

穂村　坂だからコロッケが転がっていくって感覚も三パーセントくらいたぶん生まれるんじゃないかな。ちょっと楕円だから、あんまりスムーズじゃない転がりかたで転がっていったような感じ（笑）。でもその何パーセントかずつ意識下に感じ取ること、その複合体が詩の全体としての魅力でしょう。いわゆるソングとしての歌であれば、歌詞と曲で分担出来るけれど、それを言葉の中だけでやるわけですから。

例えば一青さんがマンホールの上で

笑っているっていうだけで、人は何パーセントかはマンホールに落ちる可能性というものを思い浮かべる。それはいちいち言語化されないけれども、何重にものすごい情報量で日常的に感じている。短歌は、それを単純な言葉の連なりの中で引き出す鍵のようなものだと思うんです。喫茶店に四人でいても私達は実は旅をしているではないか、この四人は数時間後にはもうばらばらになっている。それぞれ乗り換えて違うところへ行く。そういう二重性を意識するんじゃないか。それをいちいち散文で言い出したら、ものすごい文字数がいるけれど、短歌の場合は韻律と言葉の組み立てで成立させている。

一青　なるほど。だからでしょうか。私普通に短歌を読んでいると、すごい力と頭の想像力を要されるから、あまり一気にたくさんのページを読めないんですよ。見開きだけでお腹一杯になってしまう感じで、詩ならさくさく読めるので、一冊ぽんと渡されても読めるけれど、歌集はいっぱいみたいな気分になって、それくらいぎゅっとなっているように感じます。お二人はぱらぱらと読めるのですか？

穂村　いや、同じです。今日は仕事だからいちいち無理をして、毛糸玉になっているのを、わざとするする引っ張り出してほら紐だよ、こうやれば紐だよ、って今言っているだけで、やっぱ毛糸玉は毛糸玉だからそれがゴロゴロしていると、ああまた毛糸玉がこんなにしかもこんなにこんがらがってるよ、もっと上手くまけよみたいな（笑）。俵さんの歌は紐に直しやすいけど、もっとぐちゃぐちゃになっている毛糸玉もあるし、かつ失敗してからんでいる毛糸玉とかもあるから、それがいっぱいページの中にあると、脳に負荷がすごいかかる。

俵 そうするとやっぱり一ページに三首くらいが限度なんじゃないかな。あれが普通の小説みたいにびっしりあったら困っちゃうよね。

一青 私は一ページに一首くらいでもいいって思ってしまうくらい……。

「一葉の井戸」で短歌の上達を願う

穂村 それは普通の感じ方だと思います。歌集に何百首も入っていることはハードルが高すぎるって、枡野浩一さんも言っています。まったく短歌を知らない人にはすごいハードルだと。

俵 一冊に四〇〇首くらい入っていたりしますから。

穂村 確かに。僕らだって読み飛ばしちゃう。あと、本当にいい歌はそんなに負荷がなくてもなんとなくぱっと見て味わえることが多い。あんまりこんがらがっていると、どうせこれがんばって読み解いても失敗してんじゃないのってこともあるし。

一青・俵　(笑)。

小誌　では、最後に一青さんの歌です。

リュックの男、前髪と病の香り残して菊坂過ぎる　窈

一青　リュックサックをしょったおじさんが通り過ぎた後に、病院の匂いがして。あの通りになぜか私は病めいたものを感じたんですね。

穂村　それは菊坂？

一青　そう狂気に近い何かをちょっと私は感じて……。たぶん、上村一夫の『菊坂ホテル』の影響だと思うのですが。すごくどろどろしていて、それをわーって思っていたときに、通り過ぎたちょっと怪しげなおじさんからふわっと病院の匂いがしたから、「ああ、やっぱり」って。ここは思い込みで書いてしまったんですが。

俵　すれ違った人の匂いを捉えるっていうのは面白いですね。

一青　もっとおじさんの怪しげな感じを表現できる日本語があるんではないかと思ったのですけど、時間内には無理でした。

俵　最初「リュックサックのおじさん」だったところが「リュックの男」になったわけですね、簡潔に。

一青　なんかこう香りを残してもいるんだけれど、前髪も残しているなあって思って、両方残しているなあって思ったらこの形態になったんです。
俵　構造としては、推敲前の〈通り過ぐリュックサックのおじさん病の香り残す菊坂〉の方が、一青さんの感じた素直な流れが伝わるような気がします。
一青　そうですか。
穂村　直感的に前髪は捨てた方が、って気がするな。
一青　う〜ん。
俵　「リュックサックのおじさん」のところに、「リュックの男」を入れれば、「通り過ぐリュックの男」で五七になりますよね、その後に自分の感じた香りと、菊坂も入れれば、今言った感じが上手く出るんじゃないかしら。
穂村　僕だったら「すれ違うリュックサックのおじさんの」みたいに普通にやっちゃうかな。「病の匂いが残る菊坂」、それじゃ、演歌っぽいか（笑）。
一青　「おじさん」っていう方が入りやすいのかな。
俵　でも「男」の方が怪しい感じはするよね。謎めいていて。「おじさん」だとちょっと親しみがあるよね。
穂村　「リュックの男」を選択すれば「通り過ぐ」のような文語体になるし、「おじさん」って言っちゃったら「すれ違う」ぐらいになる。文体全体が変わってきますよね。

一青　それは好みっていうことなんですか。
穂村　もちろん。
俵　この「病の香り」というのは……。
一青　病っていうか、病院の中の匂い。
俵　消毒っぽいような？
一青　待合室に香っている匂い。あの匂いをなんと呼ぶのかはわからないけれど。
穂村　この近くに病院はある？
小誌　東大病院はありますが少し離れています。小さな内科はありますが。
俵　この場合、匂いについてもう少し膨らませて、前髪は落としていいかもしれないですね。この前髪というのは？
一青　前髪がぱっつんと切られていたんです。
俵　そうすると男の方の修飾として前髪がこないといけませんよね。「前髪ぱつんの男」のように。リュックも男にかかっていますが。
穂村　基本的な狙いはよくわかる気がします。すれ違う一瞬に過剰な情報を感じるというパターンで、珈琲豆をひいている後ろを死神が通るみたいな短歌ってありますよね。
　それから、「病」まで言うより、「消毒の匂い」ぐらいの方がいいのかもしれませんね。「病」という言葉が果たしてどうなのかという。「消毒」って十分怖いじゃない。何を消毒したの？　って思うから（笑）。

俵　「病の香り」だと比喩にとられてしまうかもしれませんね。本当の匂いじゃなくて、病気っぽい意味に思われてしまう危険がある。この人は犯罪の匂いがするっていうと、別に犯罪という匂いがするわけじゃなくて、そういう感じがするってことですから。「消毒」ってベタだけど、直接鼻に届いた感じがしますね。

穂村　病って作者の判断になってしまうから、それを先に出し過ぎると読者は引いちゃう、なんだ答えを知ってるんじゃんと思われる。消毒だとそうじゃなくて、客観的な情報の提示に見られる。迷った時には自己判断を先に出さない方がいいかもしれません。

俵　何かがあって病気って思ったわけだけれど、思った方の病気を出してしまうより、その何かの方を出した方が、読者も考えるということですね。その人が消毒されていたのかもしれないし、何かを消毒していたのかもしれない。

一青　〈すれ違うリュックサックのおじさんの消毒臭〉？

穂村　それはかなり無気味じゃないか（笑）。

一青　（笑）。

俵　じゃあ中身は何なんだって、リュックサックの中身まで気になってくるよね。そうすると菊坂っていう固有名詞も怖い感じがしてくる。菊自体に不吉なイメージもあるから。

吟行会を終えて

一青　今日作った中でどれが一番か決めるのですか？

穂村　いや今回はそれはあまり意味がないんじゃない？

俵　そうですね。それにしても今日はいろんなところをまわったから、あんまり素材にかぶりがないですね。

穂村　だれも弓道で作らなかったね。あんなに熱心に見ていた割にはちょっとポイントが絞れなかったのかなあ。僕も作りたい雰囲気だったけど難しかった。

俵　いつも私の視点だけでアドバイスしているけど、今回は穂村さんにバシバシ指導してもらったのでよかったです。

穂村　絶対俵さんの方が厳しいと思うよ。

俵　いや、そんなことない（笑）。

一青　私、穂村さんの歌を見てもっと最初に自由に書けばいいんだって思いました。

穂村　でもね、頑張って自由に書いているんですよ。ナチュラルに書くともうちょっとこう萎縮した感じになるんですよ。それを、これじゃダメダメまだびびってる、びびってるって思って、意識のフレームを外していっているわけで、やっぱり最初からそうなっているわけじゃないんです。

一青　五七五七七でたくさんずっと書き続けた上での自由ってことですか？

穂村　やっぱり最初は萎縮するんですよ。それが普通。怖くて萎縮して当然です。

俵　推敲するとき、言葉やリズムがでこぼこしているところを削って、なるべくなめらかになるようにしていくんですが、そうすると最終的に鼻歌まじりに作ったように見えたりします。

一青　私は五七五七七の数え方、たとえば病院も小さい「よ」を数えて「びょういん」なのかもしれないのか、と迷うんです。でも、なんとなく私が頭の中でカウントしている数は、「びょういん」って言ってしまえば二文字くらいなんです。

穂村　増える分には寛容なんですよ。特に文語の人たちは。本当は、生理的なリズムの中では、早口で読めば、サザンオールスターズの歌詞みたいにいけるんです。ただそれがあんまり通用してしまうと、散文みたいになってしまう。だから俵さんは文語体の人よりもむしろ音数に厳密に作っていますよね。いずれにせよ、作り方と文字数の意識の関係は人によって違いますね。

俵　「びょう」のような長音と「いん」のような撥音は、はみ出しても比較的気にならないんですよ。たとえば「神奈川県立橋本高校」という下の句、厳密には「八八」だけど、「ケン」が撥音、「コーコー」が長音なので、おさまった印象になっています。

一青　やっぱり最初は五七五七七に慣れてくださいということを意識していて、今日も

「リュックサック」で、ああ七文字！　いっぱいあると思って（笑）。
穂村　僕もこの間作った歌は、途中に十二支が全部入っていて完全に字余りになるんですけど、そこだけは突如として短歌のリズムから、僕らが子丑寅……と数えるリズムになる。違うリズムだから別カウントに出来るんです。
一青　短歌ってパズルをやっているみたいだから、頭の中で作るよりも、パソコンだとすごくやりやすいんですね、コピーアンドペースト出来て。
穂村　実際パズルだから。
一青　でも練って作ったものより、もとの気持ちの流れにそって作った方がよかったってことになることが多くて……。
穂村　わかります。気持ちを守るために言葉を捨てなきゃいけないときがあって、でも自分が最初にこれは欲しいと思った要素を捨てるのって怖いんですよ。例えば「前髪」が欲しいと思ったのにそれを捨てる。僕も「レーシック」だったら、「角膜」のイメージが欲しいと思うと、どうしてもそれが捨てられないんですよね。だからそれこそ、どこで何を捨てるかっていうのが重要なんです。
一青　歌を拾うと思いきや、実は捨てる作業が吟行会だった（笑）。

吟行会後の新作・改作は例月通りメールでのやりとりとなりました

一青　先日の吟行会から出てきたものたちです。

①すれ違うリュックサックのおじさんが消毒の匂い、菊坂　窈

②東大のアカペラーズが反響を利用するなりシャイニンラブ

③部室では漫画掲げてえい！えい！と気合いなくても真剣な君

俵　今、テレビをつけたら、NHKの短歌番組に、穂村さんが出演中でした。一青さんのお友だちの篠原ともえさんも、佐佐木幸綱先生の隣に！　生放送だから、穂村さんがこのメールを読むのは、帰宅してからだなあなんて、ちょっと不思議な気分で書いています。今回は、一青さんの推敲アドバイスに、穂村さんにも加わってもらおうという欲ばりな企画になっています。

①吟行会当日の話をうけての推敲、流れがよくなりましたね。ぷつっと字足らずで終わる結句、これはこれで不気味な余韻ですが、「菊坂」の前に「〇〇〇菊坂」と三文字入れて、リズムを整えつつ、情報を増やす、という方向もありかなと思うのですが、いかがで

しょうか。

②「何をコピッてるのかな～」と、そっと近づいて耳を澄ましていた一青さん。「シャイニンラブ」だったんですね。この具体的な曲名を入れたの、とてもいいと思います。「反響を利用する」っていう一歩踏み込んだ観察も、おもしろいですね。ただ、それが、工夫してるな～という意味なのか、うまく聞こえるから気持ちよさそうっていうニュアンスなのか、それとも……。そのへん読者として少し迷いました。

③ずっと一緒に歩いていたつもりでしたが、これはどこで取材されたのか……。漫画研究会の部室の様子でしょうか。学生を「君」と呼ぶことで、距離が一気に縮まる感じがいいですね。「気合いを入れる」なら、ごく普通ですが、気合いがないというところに、肩すかしのおもしろみを感じました。もう少し具体的な状況がわかると、さらにおもしろいかも。

穂村　①言いたいことを絞ってよくなったと思います。「〇〇〇菊坂」で音数を合わせたら、という意見に賛成です。

②「反響を利用」している様子を文字で具体的に表現する手もあるかもしれません。「シャイニンラブ」の歌詞と（かっこ）を組み合わせるとか、かなり文字数を使う必要があるし、見た目もトリッキーになりますが……。

③「君」が実際に何をしているところなのかがわかりませんでした。この光景のどこにぐっときたのか、自分の気持ちを整理して表現の的を絞りたいですね。

一青　イッセー尾形さんの一人芝居を観に行きました。粋な言葉の使い方がたくさんあって短歌の改作を（観劇中の）闇の中思いついてチラシの裏に書きかきしていました。

①すれ違うリュックサックのおじさんが匂うよ　匂う　ぷん、と菊坂

か、あるいは「消毒臭が」を七文字カウントで良ければ、

①すれ違うリュックサックのおじさんの消毒臭がツンと菊坂

②学内に響かせたくて「シャイニンラブ」アカペラでハモる東大生

具体的な曲名ではなく「シャイニンラブ」と叫んでたのでなんだか東大の学生がシャイニングラブって歌ってるその違和感がいいなーって思ったのです。またアカペラを歌う人は校内で一番響くところをよく知っていて自分も大学生時代にアカペラサークルに入っていたのでやっぱり東大生も同じか！　と思ったのです。自分の体験と目の前の出来事が重なって上の二点をうまく伝えたかったのですがむつかしかったですね……。

③開け放す部室のドアのその奥で寝そべる君が漫画三昧

たぶん柔道部です。

往復書簡
実作レッスン⑫〜⑮

第十二回　書かれていないことを伝える方法

一青窈さんの三首

私は今、上越新幹線です。新潟で信濃川を見つめながら詩を書いてきました。土手付近にはたくさん、狸の形をした真っ赤な交通安全の柵がありました。かわいかったです。なのでぽこんとみっつできました。

◎あ、このへんみゆんちのすぐ近くだと言われてもはや帰りたくなる
別にその気もなかった人と歩いてても知らない誰かに瞬時に気を奪われたようでなぜかちょっとさみしい気持ちになる。

◎フェロモンが男向きではないのかな？いきな女に押し倒されて
そして、それが女だとしても。

◎つながれた謄本係のボールペンにがっかりする市井の私

こう、町民が区役所に信頼されてない感じにいちいち落ちてしまう私、疲れます。

俵万智さんの返信

前回の推敲の着地、どれもよかったと思います。「ぷん、と菊坂」や「ツンと菊坂」(私は、消毒臭を入れたほうがいいと思いました)といった結句のおさめかたを見ていると、ご自分では気づかないかもしれないけれど、だいぶ定型に慣れてきた感じがしますね。散文では、文章の最後、こういうおさめかたはしないでしょう?

■あ、このへんみゆんちのすぐ近くだと言われてもはや帰りたくなる

ふるさとが新潟の人との旅なんですね。その人が「みゆ」のことを思い出した瞬間の疎外感。複雑な感情ですが、具体的なセリフでとらえた上の句は、とてもいいと思いました。推敲するとしたら「もはや帰りたくなる」でしょうか。ちょっと極端すぎて、えっそこまで⁉と読者が置いていかれるような感じがします。散文のほうにあった「知らない誰かに瞬時に気を奪われたようで、なぜかちょっとさみしい気持ちになる。」ぐらいの、そこはかとなさが出る表現を探ってみてはいかがでしょう。

■フェロモンが男向きではないのかな？いきな女に押し倒されて

女の人に口説かれたという歌でしょうか。「?」までの、ちょっと暢気なつぶやきは、おもしろいので、「いきな……」以下を、もう少し具体的にしたほうが、つぶやきが生きるかもしれません。字数が足りないようでしたら「フェロモンが女向きかな?」とすることもできます。

■つながれた謄本係のボールペンにがっかりする市井の私

つながれたボールペンに、「信頼されていない感じ」を見いだす視点は、とてもいいと思います。でもそういえば、以前私の父は、郵便局にあった「ご自由にお使い下さい」という老眼鏡を、ご自由に使ったまま、かけて帰ってきてしまったことがあります。そういううっかり者のためには、つながれていることも必要かも!?「市井の私」は、言わなくても通じるので、ここを削って、ボールペンのつながれ具合とか、区役所の雰囲気とか、他の表現を充実させる方向で推敲してみてください。

一青窈さんの改作

わぁ、ごめんなさい。私が新潟で思い出を思い出しながら書いていただけなのです。

あ、このへんみゆんちのすぐ近くだと言われてもはや帰りたくなる　←

◎あ、このへんみゆんちのすぐ近くだと言われて足が重くなるやら

フェロモンが男向きではないのかな？　いきなな女に押し倒されて　←

◎フェロモンが女向きかな？　隙あらば柔なその手に押し倒される

〝いきなり〟と〝粋な〟とかけたつもりですがちょっと不親切でしたね。

つながれた謄本係のボールペンにがっかりする市井の私　←

△つながれた謄本係のボールペン結んだ人は誰を信じる

だと禅問答みたいになってしまうから、

◎つながれた謄本係のボールペン、カツカツになる字首も傾ぐ

俵万智さんの返信

そうでしたか。旅先で、ふと昔のことがよみがえるというシチュエーションですね。

■あ、このへんみゆんちのすぐ近くだと言われて足が重くなるやら

「足が重くなる」という慣用句をもってくると、とたんに無難な感じになってしまいました……うーん、比較すると「帰りたくなる」のほうが、いたたまれなさは出るかもしれません。微妙な疎外感、たとえば「言われてしまう」といった表現だけでも出ると思うんですよね。「てしまう」のなかには「二人でいるのに」というニュアンスがふくまれるので。

■フェロモンが女向きかな？隙あらば柔なその手に押し倒される

「女向きかな？」を、おすすめしておいてナンですが、「フェロモンが男向きではないのかな」の「ないのかな」が、意外にいいということが、よくわかりました。意味は似ていても、考えを巡らせる感じが「ないのかな」にはあるのですね。でも、この推敲のおかげで「柔なその手」という具体的なイメージを呼び起こす表現が出てきたので、これは収穫です。男向きに戻して、「柔なその手」は生かして、というところで着地すればいいかなと思います。

■つながれた謄本係のボールペン、カツカツになる字首も傾ぐ

つながれたボールペンで文字を書く時の様子を、具体的に出して、そこに怒りを込めるという方向、とてもいいと思います。実際、ほんとうに書きにくいし！「カツカツになる」というのが、おもしろい表現ですね。ひっぱられながら書いた感じがよく出ています。

「カツカツになる字」までが、第四句でしょうか。だとしたら「首も傾（かし）ぐ」が字足らずで落ちつかないので、「首も傾（かたむ）く」と整えた方が読みやすいですね。それとも、「カツカツになる」「字首（字の首という意？）も傾ぐ」というリズムかな？　字の首というとらえかたなら、これはこれでおもしろいので、「字の首傾ぐ」としては、いかがでしょう。

一青窈さんの改作

こんばんは。推敲しました。

あ、このへんみゆんちのすぐ近くだと言われて足が重くなるやら　←

◎あ、このへんみゆんちのすぐ近くだと言われてしまう私ふげふげ

あえてこのなんとも言えない脱力感を擬音で例えるとほげほげな気分→ふげふげな気分なのですが意味がとっちらかりますか？

フェロモンが女向きかな？隙あらば柔なその手に押し倒される　←

◎フェロモンが男向きではないのかな？柔なその手に押し倒されて

つながれた謄本係のボールペン、カツカツになる字首も傾ぐ ←

◎つながれた謄本係のボールペン、カツカツになる字の首傾ぐ

俵万智さんの返信

■あ、このへんみゆんちのすぐ近くだと言われてしまう私ふげふげ

脱力感を擬音で表現するというのは、いいアイデアだと思いました。ただ、この一首だけだと、状況を理解するのは、人によってはむずかしいかも、ですね。連作のなかにあれば、伝わると思うのですが。結句、もう少し寝かせましょうか。半年ぐらいして、これだ！　というフレーズが思い浮かぶこともありますので。

■フェロモンが男向きではないのかな？柔なその手に押し倒されて

■つながれた謄本係のボールペン、カツカツになる字の首傾ぐ

この二首は、完成ですね。あらためてボールペンの歌、おもしろいです。なんかこう、ひっぱられてイラッとしながら書く感じや、信用されてないってことねっていう不満が、

書かれてはいないのに（これが大事）伝わってきます。

第十三回　リハーサルスタジオから短歌
──ささいなことを掬えるのが短歌のいいところ

一青窈さんの三首

間があいてしまってすみません。夏フェスの準備で頭と喉が忙しかったです。リハーサルスタジオにて練習のさなか、歌詞プリントにひらめいた短歌を書きつける私です。

◎「もらい泣き」情熱的なアレンジで叩くカホンはンバラカンバラカ

「ハナミズキ」に次いで、一番歌い込んでいるのが多分「もらい泣き」なのですが、ライブの感じに合わせていろいろアレンジを工夫していて、スパニッシュっぽいスピード感のあるアレンジだとカホーンという楽器の響き方が、んばらか、んばらか、という感じに聞こえるのです。ちなみに、んばらかんばらかはギター奏者にも通じる音楽業界?用語とでもいいましょうか。

◎ぽつらぽつ雨に気づいて「吸いきれ!」と煙草の先が急激に赤

リハスタの外に非常階段があってそこで喫煙者はみんな煙草を吸っているのですが、ぽつらぽつらと雨が降ってくるとみんなの煙草の先が急に一気に真っ赤になるのがおもしろかったのです。

◎冒頭を好きなときに入るのは一番勇気が必要なの

歌の頭を自分のタイミングで歌い出すのはなんとも不思議な気持ちで〝恐い〟と〝えい！〟という気持ちが自分の心の中で一本線になったときなのです。

俵万智さんの返信

お忙しいなか、ありがとう。でも短歌って、ヒマだからできるというわけでもなく、今回の作品、どれも臨場感があって、よかったですよ。

■「もらい泣き」情熱的なアレンジで叩くカホンはンバラカンバラカ

業界用語との「ンバラカンバラカ」が、なんとも新鮮でした。「もらい泣き」という固有名詞も効いていますね。一青さんにしか、歌えない一首です。これは、ほぼ完成！と言ってもいいのですが、欲を出せば「情熱的な」のところでしょうか。どういうアレンジか、というのを伝えるときに、さてどういう言葉をつかうか。「情熱的な」も、一つの表現ですが、何を情熱的と感じるかは、人によってさまざまです。たとえば、お便りの部分にあった「スパニッシュっぽい」とか「スピード感のある」のほうが、より客観的な表現になります。「スパニッシュっぽいのなら、さぞかし情熱的なんだろうなあ」と、読む人が、その客観的な情報から情熱を感じるほうが、よりその情熱的なことが伝わる……まわりくどい言い方ですが、そういうことがあります。さらに、スパニッシュやスピードという語から、読者がイメージを広げることも可能ですね。余談ですが、以前「もらい泣き」のCDをかけていたとき、「やさしいのはだれです」のところで、息子が「おかあさんです～」と歌いながら答えてくれました。今となっては、うるわしい思い出です……。

■ぽつらぽつ雨に気づいて「吸いきれ!」と煙草の先が急激に赤

おもしろい場面に取材しましたね。一青さんの、こういうところに、いつも意表をつかれます。最初読んだとき、場面はだいたい間違いなく想像できたのですが、煙草を吸っているのは一人かと思いました。みんなの煙草がいっせいに赤くなる感じが盛り込めれば、さらにおもしろくなると思うのですが、いかがでしょうか。

■冒頭を好きなときに入るのは一番勇気が必要なの

これも、一青さんならではの一首ですね。そういうものなのか～と、興味深く読みました。素人目には、気持ちよさそうに自由自在に歌っておられるようにしか見えないのですが。読者の興味をひく内容であることは、まちがいなく歌の魅力のひとつです。現代短歌の世界でも、さまざまな人が、個性豊かな職業の歌を詠んでいます。一青窈という作者名があれば、「冒頭」は、歌の冒頭と察しがつきますが、どこかで歌っている場面だということがわかると、さらに読みやすいですね。結句の「必要なの」が字足らずなので、やや尻すぼみの印象になっているのももったいない気がします。そのあたりを推敲してみてください。「〝恐い〟と〝えい！〟という気持ちが自分の心の中で一本線になったとき」という表現も、なかなかのものですよ。

一青窈さんの改作十三首

「もらい泣き」情熱的なアレンジで叩くカホンはンバラカンバラカ　←

◎「もらい泣き」スパニッシュっぽいアレンジで叩くカホンはン
　バラカンバラカ

そうなんですよね……。わかってはいたのですが、スパニッシュアレンジって書くと音楽的にあまりに短絡的な表現だったので情熱的な、とあえて文学的に寄せて書いてみたものの陳腐になった感が否めなかったのです。なので客観的になると太鼓判を押して頂けるならこのように戻します。

ぽつらぽつ雨に気づいて「吸いきれ！」と煙草の先が急激に赤　←

◎ぽつらぽつ雨に気づいて「吸いきれ！」と煙草らの先急激の赤

擬人法はどうでしょうか。

冒頭を好きなときに入るのは一番勇気が必要なの　←

◎冒頭をフリーで入る勢いは勇気が恐さ後押したとき

場所が入らない………。

ただ今もスタジオこもり中です。三つばかしできました。

◎スタジオがいかくんせいのイカ臭でむんむんとまんえんちゅう

◎誰かが使ったマイクも時折にイカ臭いのでリセッシュ必須

◎鉛筆は水濡れ後もきゅいきゅいと書ける書けるわ重宝だわ

ああなんだかスタジオにずっと居ると下らない事ばかり短歌になってしまう。すみません。

俵万智さんの返信

■「もらい泣き」スパニッシュっぽいアレンジで叩くカホンはンバラカンバラカ

いいですね。第二句以降、カタカナが続きますが、それらと「もらい泣き」という古風な日本語のとりあわせが、推敲によって引き立ちました。四つのカタカナと対峙して、すっくと立っている「もらい泣き」が、力強く清々しいです。

■ぽつらぽつ雨に気づいて「吸いきれ!」と煙草らの先急激の赤

「ら」を一つ入れるだけで、複数ということが表現できました。拍手。煙草が生き物みたいで、擬人法もいいと思います。「急激に赤」を「急激の赤」にしたのには、何か理由がありますか? 「に」のほうが、赤になってゆく変化の過程が見えるような気がするのですが、いかがでしょうか。「の」だと、もうすでに赤になって落ちついた感じですね。

■冒頭をフリーで入る勢いは勇気が恐さ後押ししたとき

下の句、よくなったと思います。「好きなときに入る」を「フリーで入る」にすることによって、字数が浮いて、表現に可能性が出てきました。上の句は、しばらく漂わせて、よりよい言葉を探してみてください。ちなみに「勢いは」もカットできるかも。「冒頭をフリーで入る」ここでいったん切って、その臨場感を生かして、今まさにフリーで入るという設定で、気分を残りの文字で表現してみるという方向です。

追加の三首も、一青節ですね。ささいなことを掬えるのが、短歌のいいところでもあります。

■スタジオがいかくんせいのイカ臭でむんむんむんとまんえんちゅう

きれいごとではない、煮詰まったスタジオの感じが、むうっと伝わってきました。下の句が、全部ひらがななのも、視覚的に「むあっ」とした雰囲気を出していますね。最後、ちょっと古風な味つけをして「なり」をつけておさめては、どうでしょう。わざと重々しく言って、強調する感じです。リズムも整いますし。

■誰かが使ったマイクも時折にイカ臭いのでリセッシュ必須

マイクに、匂いがついているというのは、なんともリアル。経験した人でないと、わからないことですね。全体が、やや理に落ちてしまっているのが（特に「ので」とつなぐところ）、惜しい気がしました。せっかくのおもしろい素材なので、「前の人（しかも誰だかわからない！）がつかった匂いがマイクに残っている」ということに焦点を絞って、一首を作ってみてはいかがでしょうか。

■鉛筆は水濡れ後もきゅいきゅいと書ける書けるわ重宝だわ

「きゅいきゅいと」という独自のオノマトペが、いいですね。「書ける書けるわ」のところ、今まさに書けてしまって、うれしい感じが出ています。なので、最後の「重宝だわ」という感想は、いわずもがなかと。これをカットして、何か別の要素をプラスしてみることを、おすすめします。いつだったか「究極のワープロは鉛筆だな」と感じたことを、この歌を読んで思い出しました。電源もいらない、持ち運びは簡単、機械に弱くても困らない……というわけです。

一青窈さんの改作

単純に打ち間違えました。すみません。「に」です。

◎ぽつらぽつ雨に気づいて「吸いきれ！」と煙草らの先急激に赤

冒頭をフリーで入る勢いは勇気が恐さ後押したとき　←

◎冒頭をフリーで入る「ええいああ」勇気が恐さ後押ししたとき
前の歌の「もらい泣き」の流れでいれてみました。

スタジオがいかくんせいのイカ臭でむんむんとまんえんちゅう ←

◎スタジオがいかくんせいのイカ臭でむんむんとまんえんち
ゆうなり

誰かが使ったマイクも時折にイカ臭いのでリセッシュ必須 ←

◎梅雨明けて使い込まれたマイクから〝むあっ〟とすかさずリセ
ッシュシュッシュッ

だいたいスタジオのマイクは臭いのですが、そういえばカラオケのマイクって毎回毎回スタッフが匂い消ししているのだろうか、と思いました。くさくないですものね。

鉛筆は水濡れ後もきゅいきゅいと書ける書けるわ重宝だわ ←

◎鉛筆は水濡れ後もきゅいきゅいと書ける書けるわ黒の意志だわ

黒って強い意志を感じる色なのだけど、その強さが鉛筆に宿っている気がするのです。

俵万智さんの返信

■冒頭をフリーで入る「ええいああ」勇気が恐さ後押したとき

「ええいああ」、すごくいいと思います。あの歌を知っている人なら、メロディごと脳内に響くでしょうし、知らなくても、なんというか「気合い」の歌声は伝わると思います。具体的な歌詞を入れることで、一首の輪郭がぴっと決まった感じがします。これは、いい推敲でした。よりいっそう臨場感を出したければ、最後の「したとき」を、前半と同じように現在形で「するとき」にするという手もありますね。

■梅雨明けて使い込まれたマイクから〝むあっ〟とすかさずリセッシュシュッシュッ

「だいたいスタジオのマイクは臭いのですが」って、さらりと言われてびっくりしました。そうなんですか!!　カラオケの「マイマイク」というのは、衛生上の意味合いもあるのかもしれませんね。梅雨のあいだ使い込まれたマイクという、いかにも臭そうなイメージ、とても迫ってきます。〝むあっ〟とまでは、とてもいいので、あとはさらりと、誰かのにおいが漂うということで終わってはいかがでしょう。それで充分に成立すると思います。「リセッシュシュッシュッ」……もしこの部分を生かすとしたら、もう一首作ったほうがいいかもしれませんね。あわててシュッシュしているという場面でだけで、またユニークな絵になると思います。

■鉛筆は水濡れ後もきゅいきゅいと書ける書けるわ黒の意志だわ

「重宝だわ」より、ずっと個性的で、生き生きしましたね。これはゴールした感じです。今回は、スタジオの現場から、産地直送的な歌が送られてきて、おもしろかったです。じっくり熟成させるタイプの短歌もありますが、鮮度が魅力の短歌もあります。今回は後者のタイプでしたね。スタジオの歌を、一ヶ月後に思い出しながら作っても、こうはいかなかったのではないでしょうか。

では！

一青窈さんの改作

冒頭をフリーで入る「ええいああ」勇気が恐さ後押ししたとき　←

◎冒頭をフリーで入る「ええいああ」勇気が恐さ後押しするときにします。

◎梅雨明けて使い込まれたマイクから〝むあっ〟と誰かの意気込み匂う

梅雨明けて使い込まれたマイクから〝むあっ〟とすかさずリセッシュシュッシュッ←

（俵・「だいたいスタジオのマイクは臭いのですが」って、さらりと言われてびっくりしました。）

これは厳密にいうとリハーサルスタジオ（貸しスタジオ）でよくあることでレコーディングスタジオはそういうことはないんです。

俵万智さんの返信

推敲のかいがありました！「誰かの意気込み」、生々しくて、いいですね。ツバを飛ばしながら……という現実的な風景＋気合いがまだまだ漂っているような気配、その両方が表現されていて。今回は、これにて終了！　おつかれさまでした（スタジオではまだ、この声はかからないのかな？　暑い毎日、おからだ大切に）。

第十四回　リズムの整理、言葉の微調整

一青窈さんの三首

情熱大陸のライブで大阪にきました。ひょっと打ち間違えて〝上越大陸〟になりました。それもそれでいいな、と思ったりして。

オレンジロードというところでぷらぷらウィンドウショッピングをしてて出くわした事件。

◎ハナほじるおじさんを見てうろたえぬ歳を過ぎたか哀し三十路は

そして、

◎真剣にランニングマシンで走る人、三文ゴシップみんな見つめて

いまは息抜きでホテルに来ております。

◎ワコールの看板を見てなでおろす胸のドキドキ銀座ど真ん中

俵万智さんの返信

私も、大阪経由で兵庫のピッコロシアターに行っていて、帰ってきたところです。脚本を書いた「うそツキ、大好き、かぐや姫」というお芝居が上演されたので、子どもと一緒に観てきました。それにしても、関西は暑いですね。舞台の熱気も合わせて、こちらも情熱大陸でした。

■ハナほじるおじさんを見てうろたえぬ歳を過ぎたか哀し三十路は

こういうおもしろい場面、得意（?）ですね。「うろたえぬ」が、このままだと「うろたえてしまった」の意味にとられる可能性があります（完了の「ぬ」）。うろたえなかったという意味だと思うので、ここは「うろたえず」にするか、現代語であることをはっきり示すために「見てもうろたえぬ」などとしたほうが、いいですね。もしくは「うろたえぬ三十路となりて」などとして、「ず」の連体形の「ぬ」であることがわかるようにしてもオッケーです。「歳を過ぎたか哀し」をカットしてみても、「（そういうおじさんを見ても）うろたえない三十路」で、思いは伝わるのでは？　残りで、おじさんをもう少し詳しく描写するとか、ショッピングという状況を入れるとか、ふくらませてみると、歌がいっそう生き生きするのでは、と思います。

■真剣にランニングマシンで走る人、三文ゴシップみんな見つめて

ジムでしょうか。それぞれが自分の体を鍛えつつ、共通の（でもたぶん興味としては一過性の）芸能ニュースを見ているという、とても現代的な一場面ですね。「三文ゴシップ」という語には、言葉自体に「くだらないもの」「低俗なもの」という価値判断が含まれていると思うのですが、ランニングマシンで走っている人が、どういう気持ちで見ているか、まではわからない。なので、もう少し客観的な事実を示す語に変えたほうが、いいかと思います。

■ワコールの看板を見てなでおろす胸のドキドキ銀座ど真ん中

「ワコールの看板」という意外なものに着目したところ、なかなかおもしろいと思いました。「胸のドキドキ」が、なにゆえなのかが、ちょっとわかりにくいですね。「なでおろす」というからには、何かがあって、それがクリアされてほっとした、というような経緯が、あるのでしょうか？　ワコールだからブラの宣伝かなにかで、それと「胸」がつながるのかな。シンプルに、看板の歌にしてしまっても、充分成り立ちそうな予感がします。

一青窈さんの改作＋一首

脚本も書かれるのですね。うそツキ、大好き、かぐや姫という言葉の並びが素敵。長文の文章、小説などは私のもっとも不得意とするところです。ほんとうに心から尊敬します。わたしなんかは頭から煙が出ます。

ハナほじるおじさんを見てうろたえぬ歳を過ぎたか哀し三十路は ←

◎ハナほじるおじさんを見てうろたえぬ三十路となりてショッピングする

まんまですかしら。

真剣にランニングマシンで走る人、三文ゴシップみんな見つめて ←

◎真剣にランニングマシンで走る人、アイドルの顔みんな見つめて

そうですね、もうちょっとスパイスを効かせてみます。

ワコールの看板を見てなでおろす胸のドキドキ銀座ど真ん中　←

◎ワコールの看板あれば時間飛行田舎に居ても銀座ど真ん中

銀座は母と昔よく来た思い出があったり、バーやクラブがあって素敵な大人がお酒を飲むイメージなので私にとっては魅力的な大人の街です。銀座でワコールの看板を見るとなんだか妙に落ち着くその感じを書きたかったのですが、よく考えるとすごくむつかしい感情なのでちょっと変えました。看板のうたにしてみました。

それから新しく一つ。

◎幸薄い女であれば男らは男気スイッチむくむくぴょん

「災難な女」というタイトルを雑誌で見てそういった女性像を前向きにひとつ書けないかと考えあぐね、つくりました。

俵万智さんの返信

脚本は、芝居好きが高じて……。でもたまに芝居作りに関わると、観客でいることの贅沢さと幸せを再認識します。

■ハナほじるおじさんを見てうろたえぬ三十路となりてショッピングする

「ショッピングする」で、おじさんとの距離感が出て、よくなりましたね。この距離感が、「うろたえなさ」を補強してくれています。全体を読めば「うろたえぬ」が「うろたえない」の意味だとはわかりますが、五七五のところで切って読まれると、やはり完了ととられる可能性が残るなあと、完成品を見てあらためて思いました。その可能性をゼロにするために、「うろたえない」と現代語にしてしまったほうがいいかもしれませんね（前回のうちに気づけばよかったのに、スミマセン）。

■真剣にランニングマシンで走る人、アイドルの顔みんな見つめて

よくなりました。ただ「アイドル」だけだと、楽しく歌っている場面かもしれないし、徹子の部屋（?）かもしれない。元の歌にあった「芸能ニュース」的な匂いはあったほうが、現代を切り取った歌としてはおもしろいですね。「三文（＝安い）」に、価値判断が含まれているので、これをとって「ゴシップ」だけを復活させてみては、どうでしょう。

■ワコールの看板あれば時間飛行田舎に居ても銀座ど真ん中

なるほど、銀座の緊張を、ワコールの看板がといてくれる、という気持ちだったのですね。この気持ちもおもしろいので、いつかまたトライしてみてください。推敲後は、「ワコールの看板」があれば、田舎にいても、銀座ど真ん中の気分になれる、という歌ですね。「時間飛行」という造語で、その気分がよく伝わってきました。この歌にも固有名詞が使われていますね。「ワコールの看板」といえば「銀座ど真ん中」という感覚が、どれほど普遍性を持つか……が少し気になりました。私などは、和光とかソニープラザとかが、イメージなのですが。ただ、この表現なら、「ああ、作者はワコールが銀座と結びついているんだな」ということは伝わるので、よしとしましょう。もう少し推敲の余地があるとすれば「ど真ん中」でしょうか。田舎と銀座の対比があるので、あえて「ど真ん中」とまでは言わなくても伝わるので、「そういう気分になる」という着地にしたほうが穏やかに決まるような気がします。三句目が「時間飛行」と体言止めになっているので、結句も「ど真ん中」と名詞にしてしまうと、一首が二つにぱっくり割れた感じになってしまい、リズムの点からも惜しいのです（名詞というのはおもりになるので、上の句、下の句、それぞれにおもりがついた恰好になってしまうということです）。

■**幸薄い女であれば男らは男気スイッチむくむくぴょん**

そうなんだよね～と、思わず共感。「一人でもじゅうぶん生きていけそうな女」には、男気スイッチ（この造語もおもしろいですね）は入らないようです（笑）。「幸薄い女」が、抽象的で型どおりの言い方なのが惜しいので、何か一つでも具体的な「幸の薄さ」を出して表したほうがいいと思います。下の句が字足らずなので、（スイッチが）「入る」という動詞を足したり、二度出てくる「男」という語を整理したりして、全体をブラッシュアップしてみてください。

一青窈さんの改作

またまた海の見える場所でレコーディング中です。いやいやいや、ここにいると肩こりを忘れます。ところで俵さんはアロママッサージとかお好きですか？（わたしは、趣味になるぐらい好きです。）

ハナほじるおじさんを見てうろたえぬ三十路となりてショッピングする ←

◎ハナほじるおじさんを見てうろたえない三十路となりてショッピングする

真剣にランニングマシンで走る人、アイドルの顔みんな見つめて ←

◎真剣にランニングマシンで走る人、アイドルのゴシップみんな見つめて

ワコールの看板あれば時間飛行田舎に居ても銀座ど真ん中　←

◎ワコールの看板あれば時間飛行田舎に居ても銀座のようで

幸薄い女であれば男らは男気スイッチむくむくぴょん　←

◎災難な女であるほどむくむくぴょんと入る男気スイッチ

幸の薄い女のイメージ……。あまり今までそんなに深く掘り下げて考えたことがなかったのですが、自分なりにいろいろ思いをふくらませてみたらなんとなく眉毛が下がり気味でロン毛のイメージがありました。一見、幸せそうな人って明るくて、決断力があり自分の考えを持ってたりしそうですが、実は幸薄女の方が意志が強いのかもしれないと思いました。自ら苦境に入ってゆき荒波にもまれる、というのは実際めんどうくさいので、それを受け入れる強さが幸薄女にはあるのかなぁ、と。

俵万智さんの返信

私も肩こりがひどいので、マッサージは何でも大好きです。アロマのほうは、まだ初心者ですが、興味津々！　たまに行く「タイ古式マッサージ」で使ってくれます。

■ハナほじるおじさんを見てうろたえない三十路となりてショッピングする

■真剣にランニングマシンで走る人、アイドルのゴシップみんな見つめて

■ワコールの看板あれば時間飛行田舎に居ても銀座のようで

三首、それぞれ、いい感じに着地しました。

■災難な女であるほどむくむくぴょんと入る男気スイッチ

「実は幸薄女の方が意志が強いのかもしれない」って、ほんとうにそうですね。多くの人は、不幸を回避して、そこそこの幸せで満足する……という選択肢を、選んでいるのかもしれません。流れはいいと思うのですが、五七五七七からはみだして、せっかくのオノマトペが読みづらいのが気になります。リズムの整理をしてみてください。その過程で、新たな要素が入ってきたり、言葉の微調整ができたりもするかと思います。

第十五回　連作の可能性

一青窈さんの四首

わたくし、ショッピングモールのエントランスが好きなんです。今日は六本木。木漏れ日と風の具合が程よい場所でただ今人間ウォッチング中です。

どうもシャキーシャキーと音が隣でするので見てみると。たぶんプロの方ではないご様子……。

◎ミッドタウン「足組んじゃおっか、足」などと男二人で男を激写

モデルのような人が入っていったかと思えばセールスマン風の方がレンタルショップから出てゆきます。

◎いそいそと肩を浮かして　TSUTAYA　を出たら壁に向かって靴ひもを直す

おそらく関西の女性が待ち合わせに遅れてきた模様。

◎もうほんとスンマせーん。べしべしべしと肩叩くなら目見て話せよ

いくら宣伝効果があるとはいえ、一時間に同じ曲は三回も聞きたくないものですね……。

◎ビジョン前カフェエリアなら静かに佇みたいのに繰り返しリピート

俵万智さんの返信

ショッピングモールのエントランスって、どんな人がいても、おかしくない場所ですね。

■ミッドタウン「足組んじゃおっか、足」などと男二人で男を激写

「足組んじゃおっか、足」って、ちょっとプロっぽい軽薄さを感じさせるセリフですね。たぶんカメラマン（を気どった男性）は、そのことを楽しんでいるのでしょう。言葉をナマのままカギかっこでパックしたのが、成功しています。「男二人で男を激写」というところにも、ドラマのような雰囲気があって、これはこれで、おもしろい一首になっていると思いました。シャキーシャキーという擬音が、とてもよかったので、これを入れて推敲

ということも考えましたが、それよりもいずれ、この擬音を生かしてもう一首作ってみてください。

■いそいそと肩を浮かして TSUTAYA を出たら壁に向かって靴ひもを直す

「肩を浮かして」が、なんとなくわかるような、ちょっと無理があるような……。この感じを、もう少しわかりやすくしてもらえるといいですね。「TSUTAYA を出たら」のところが七音になっているので、リズムがとりにくくなってしまいました。ここ、五音におさめてみてください。下の句「壁に向かって靴ひもを直す」は、とてもいい描写だと思いました。人間って、なぜか壁に向かって靴ひも、直しますよね。恥ずかしいからかな、それとも身をまもる体勢なのかな、そんなことまで考えさせられました。主語がサラリーマンであることも、わかったほうがいいと思います。短歌は、何も書いていなかったら、主語は原則として「われ」になってしまうので。

■もうほんとスンマセーん。べしべしべしと肩叩くなら目見て話せよ

これも、セリフをそのままとらえて、生き生きとした人間スケッチになりました。やはり主語が「(待ち合わせに遅れてきた) 関西女性」であることが、わかったほうがいいと思います。べしべしべし、というオリジナルのオノマトペ、いいですね。女性が相手を叩いて、それを見ていた一青さんが「目見て話せ」と思った、という構図でしょうが、ややまわりくどいかも。いっそ、自分が叩かれた立場になるとか、目を見て話さない女性だ、

という描写でとどめておいたほうが、すっきりするかもしれません。

■ビジョン前カフェエリアなら静かに佇みたいのに繰り返しリピート

ただ「繰り返しリピート」というよりも、「一時間に同じ曲が三回」と言ったほうが、説得力があると思いませんか？　こちらの表現のほうを使えれば、と感じました。「静かに」のところが字足らずで不安定なので、リズムを整えたほうがいいと思います。

ある日の六本木の点描として、こういう作品を並べてみるのも、スナップ写真展みたいで楽しいですね。もっともっと作っていけば、連作というカタチが見えてきますよ。

一青窈さんの改作＋一首

いそいそと肩を浮かして TSUTAYA を出たら壁に向かって靴ひもを直す　←

◎サラリーマン肩をすぼめて TSUTAYA 出て壁に向かって靴ひも
を直す

もうほんとスンマせーん。べしべしべしと肩叩くなら目見て話せよ　←

◎遅れてもべしべしべしと肩叩き関西弁の「もうほんとスンマセーん。」

ビジョン前カフェエリアなら静かに佇みたいのに繰り返しリピート←

◎さっきから三回同じ曲ばかり、佇めないわ、ベンチがあるわ

◎あてにしたダブルAつくタクシーで「まだ新人でほんとスンマセーん」

わたしはけっこうタクシーのお客様の側の窓の右下についている優良ドライバーを示してくれるAの文字を見て乗る車両を選んでしまうのですが俵さんはいかがですか？

俵万智さんの返信

■サラリーマン肩をすぼめてTSUTAYA出て壁に向かって靴ひもを直す

あくまで一般論ですが、一首のなかに動詞は二つか三つぐらいまでが、ほどよい分量かと思います。けれど意識的に並べるというのなら、それは修辞としてオッケー。たとえば

〈大海の磯もとどろによする波われてくだけてさけて散るかも〉（源実朝）というような例もあります。今回の推敲で、主語がはっきりし、リズムがよくなったことが、四つの動詞を生き生きとさせましたね。結句の意外性もひきたちます。

■遅れてもべしべしと肩叩き関西弁の「もうほんとスンマせーん。」

「関西弁の」だけで、主語「（待ち合わせに遅れてきた）関西女性」を表現してしまったところ、うまいなあと思いました。遅れ「ても」のところに、批判的なニュアンスもにじみ、「目見て話せよ」より、ずっと皮肉がきいていますね。

■さっきから三回同じ曲ばかり、佇めないわ、ベンチがあるわ

これも、よくなりましたが、「ベンチがあるわ」の「わ」のニュアンスが、とりづらかったです。佇めないわ（でも）ベンチがあるわ（やった！）なのか、佇めないわ（なのに）ベンチがあるわ（…あってもしょうがないじゃん）なのか。上の句は、具体的な表現で、うんざりした感じがよく出ていると思います。

■あてにしたダブルAつくタクシーで「まだ新人でほんとスンマせーん」

タクシー、以前は個人タクシーを選んでいましたが（道をよく知っている人が多いので）、すっごく高齢の運転手さんも中にはおられ、一度高速で事故ったことがあります……。ダブルAで、新人、にはびっくりですね。この歌自体は、これでいいと思うのですが、『関西弁の「もうほんとスンマせーん。」』と、セリフがかぶっているのが気になります。

いっそ「ほんとスンマセーん」シリーズ（？）にして、このセリフで終わる歌を並べるとか、そういうふうだったらアリかとも思いますが、なんとなくかぶってしまったという感じだと、読者は「あ、またた」と感じてしまうので。余談ですが、私は歩くのがほんと嫌いで、すきあらばタクシーに乗ろうとしています。なので、いろんなタクシーに出会う率も高いです。「あなたが初めてのお客様です」と言われたこともあれば、車内がキティちゃんづくしのタクシーに遭遇したこともありました。

一青窈さんの改作＋二首

さっきから三回同じ曲ばかり、佇めないわ、ベンチがあるわ ←

◎さっきから三回同じ曲ばかりベンチあるのに佇めないわ

ベンチがあるわというのは「……あってもしょうがないじゃん」という意味でした。佇めないわ、の〝わ〟と韻を踏んでいったつもりでしたが少々伝わりにくいようなので、これでいかがでしょう？

あてにしたダブルＡつくタクシーで「まだ新人でほんとスンマセーん」 ←

◎あてにしたダブルＡつくタクシーで「まだ新人で」と謝られても

あえて『関西弁の「もうほんとスンマせーん。」』と、意図的にかぶせていったのですがシリーズにするといっても量が足りないですね。〝ちょっとしつこい。〟という感の方が強いかもしれません。字余りですが、推敲しました。あるいは情景描写とするならば。

◎あてにしたダブルＡつくタクシーで「まだ新人で申し訳ない」

タクシーは私もけっこう利用します。携帯が使えるから、便利ですよね。タクシー路線でもうふたつ作ってみました。

◎なぜかしら自分が降りた後にのるタクシーの客かわいいと嬉。

◎はぐはぐとおにぎりはむる運転手「こっちの車線じゃない方乗って！」

俵万智さんの返信

■さっきから三回同じ曲ばかりベンチあるのに佇めないわ

「佇む」は立っている状態なので、「ベンチあるのに」とつなげると、違和感が残りますね。「くつろげないわ」などの代案も考えましたが、これだと理屈で終わってしまう……。同じ曲ばかり聴かされている、その環境というか周りの光景を、下の句にもってきてはいかがでしょうか。作者の気持ちは、上の句のうんざり感で、充分出ているので、下の句に気持ちはなくてもいいかと思います。

■あてにしたダブルAつくタクシーで「まだ新人で」と謝られても

■あてにしたダブルAつくタクシーで「まだ新人で申し訳ない」

そうでしたか。スンマせーん、は狙っていたのですね。推敲の二首を比べると、「謝られても（困る！）」という気持ちの説明は、ないほうがすっきりしますね。運転手さんの意外な一言で終わるほうが、「えっ!?」という気持ちを、読者も共有できると思います。ただ、元の歌にあった「まだ新人でほんとスンマせーん」の、軽いノリで言ってのける勢いというか、能天気で無責任な感じというか、そういうニュアンスはとてもよかったことに、あらためて気づきました。「まだ新人で申し訳ない」だと、ほんとうに申し訳なさそうで、意外性が薄れますね。というわけで、「ほんとスンマせーん」シリーズ、ぜひ機会をとらえて作ってみてください。

江戸時代の歌人で橘曙覧という人が、「たのしみは」ではじまり「……時」で終わるという五十二首の連作を作っています。〈たのしみは朝おきいでて昨日まで無かりし花の咲ける見るとき〉〈たのしみはまれに魚煮て児等《こら》皆がうましうましといひて食ふ時〉〈たのしみはいやなる人の来たりしが長くもをらでかへりけるとき〉……という具合。実は私、初めてこれらを読んだときは「たった三十一文字しかないのに、『たのしみは……とき』で七文字も使ってしまってもったいないなあ」と思いました。が、あるときから「そうか、この形式は、楽しいことを発見するための装置として働いているんだ」と思うようになりました。楽しみは、楽しみは、と歌を詠めば詠むほど、次の楽しみを探さなくてはなりません。つまりこの形式に挑むことが、どんな小さな楽しみも見逃さないぞという目を、もたらしてくれるわけです。前置きが長くなりましたが、「ほんとスンマせーん」という「あやまってるけど、軽いノリ」のいかにも現代的なこのセリフ（そういうニュアンスの言葉）が使われる場面や人間模様を、探してみるのもおもしろいかもしれません。観察や言葉のトレーニングとしても、役に立ちそうです。

■なぜかしら自分が降りた後にのるタクシーの客かわいいと嬉。

ふむふむ、この気持ち、なんとなくわかります。「かわいいと」だと、「そういう場合はいつも」という感じになりますが（実際そうなのでしょうが）、「かわいかった！　で、なぜか嬉しかった！」という具体的なある日の場面にしたほうが、嬉しさに生々しさが加わるかと思います。

■はぐはぐとおにぎりはむる運転手「こっちの車線じゃない方乗って！」

はむ、は四段活用の動詞なので、連体形は「はむ」になります。第二句は「おにぎりをはむ」で、いかがでしょう。「食べる」よりも「はむ」のほうが、「はぐはぐ」と響き合って、いいですね。下の句は「危ないから」ということでしょうか？　はじめ、この運転手さんが、自分の乗っている車の人かなと思って読んでしまったので、やや意味がとりにくかったです。そのあたりの整理もしてみてください。

一青窈さんの改作

さっきから三回同じ曲ばかりベンチあるのに佇めないわ　←

◎さっきから3回同じ曲ばかりベンチもお茶も冷めてゆくゆく

あてにしたダブルＡつくタクシーで「まだ新人でほんとスンマせーん」（to be continued…）

なぜかしら自分が降りた後にのるタクシーの客かわいいと嬉。　←

◎曇り日に自分が降りた後にのるタクシーの客かわいいと嬉。

はぐはぐとおにぎりはむる運転手「こっちの車線じゃない方乗って！」←

◎はぐはぐとおにぎりをはむ運転手「えびふは反対ひゃへんだよ」

後半のかぎかっこは「恵比寿は反対車線だよ」なのですが伝わらないですかしら？

俵万智さんの返信

■さっきから3回同じ曲ばかりベンチもお茶も冷めてゆくゆく

うんざり感がブラッシュアップされました。ベンチとお茶とともに、気持ちも冷めてゆく感じが伝わってきます。

■曇り日に自分が降りた後にのるタクシーの客かわいいと嬉。

曇り日、という要素をプラスしたの、いいですね。空は曇ってるけど、こういうことがあると、気持ちはちょっぴり晴れ、みたいな流れで。「自分が」はカットできるかも。「かわいいと」のところも、実際にかわいかったという一回の経験にしたほうが、迫るものがあると思います。

■はぐはぐとおにぎりをはむ運転手「えびふは反対ひゃへんだよ」

えびふ、ひゃへん、はスグわかりました。食べている感じを出して、おもしろいと思います。つまり、逆方向を向いているタクシーに乗ってしまったという場面ですね。推敲後のほうが、状況もわかりやすくなりました。欲をいえば、ぴたっと七七のセリフになっていると、さらにいいと思います。

題詠歌会

俵　万智
一青　窈
ゲスト　斉藤斎藤

題詠とは

俵　題詠の歴史は古いですね。特に古今集の時代以降は、与えられた題をテーマにして作品を作るということが、盛んに行われていたわけです。今回は違いますけど、歌合わせというものもあって、右チーム、左チームから題に合わせた歌を一首ずつ出して、どちらが優れているかというのを判者が判定することも、本気の遊びとして行われていました。題詠は同じ題であることで比べやすいというのもあります。その頃はもっと細かい題もあって、「恋」にしても「逢ふて逢はざる恋」とか、状況がもう少し細かく設定されていて、今私達が普段やっている題詠とは少し違っていますね。今回は細かい題ではなく、抽象的で解釈が割合自由に出来る「道」のような題が出ていました。現代の歌会始めなどは、もう少し大きな題になりました。題を与えられて歌を詠むというのは一青さんにとって初めてでしたが、どんな感じでしたか？

一青　私はまだ歌をひねり出すのに時間がかかる初級者だから、題がなくて思いついた時に書ける方がやりやすかったですね。題があると、これが歌詞であれば書きやすかったけれど、私としてはハードルが高かったです。前もっていただけるのはありがたいなとは思ったのですが、この題に対して私が日々アンテナを立てていなかったので難しかったです。

俵　私も実は、今でも題詠は苦手なんです。特に歌を作り始めた頃は、自分が発見したものをテーマにして詠むものだと思っていたから、「初恋」って与えられても今そんな気分じゃないのにって。たとえば「忍ぶ恋」をしたことのない人がそのテーマで詠むのはおかしいんじゃないかって思っていたのですが、今まで作られてきた題詠歌の中に素晴らしい歌がたくさんあるので、これはどういうことなんだろうって思うようになって。「忍ぶ恋」なんていうのは本当であれば公に出来ないわけですよね。でも「忍ぶ恋」の題が与えられたというひとつのエクスキューズがあれば、心にある忍ぶ恋を吐露出来る、もしかしたらそういうシステムとしても題は機能していたのかなと思うんですね。題詠の歌をいろいろ読むなかで、こんなに切ない恋の歌が虚構だけで出来るわけがないと感じるようになったんです。斉藤さんはいかがですか？

斉藤　五七五七七という定型があることで、放っておいたら消えてしまうような、あわい思いが形になることがあるじゃないですか。それと同じで、それほど仲がよくもない友だちや、マンションの同じ階の人とかに向かうあわあわとした気持ちが、たとえば「忍ぶ恋」という題に出会って、歌として炸裂することがある。もうひとつの定型のような役割を、題が果たすのかなと思います。

俵　そうですね。確かに定型や題のように枠を決められることで、心が反応して生まれるってことはありますよね。ポンと心の中に題である小石を投げ入れられて、その波紋を観察する。今まで思ってもなかった自分の心が見える効用もありますよね。

一青　今回の場合だと、「初恋」のポイントを探すのが自分の中で難しくて……。

俵　ポイントですか？

一青　きっと人によってこれがそうだと決めるポイントが違って、それがおもしろいんだろうなとは思ったのですが、どれが初だったのかわからない淡いものから、幼稚園という人もいるだろうし、中学三年という人もいるだろうし。

斉藤　どの初恋でいこうかとは確かに考えましたね。

俵　昔歌謡曲で「私の初恋、いつでもさわやか～♪」という歌詞があって、子供心に「初恋っていうのは一回きりなのに、いつでもってことはないだろう」って思ったんだけれども(笑)。もしかしたらその人は恋をするたびに、今までのは初恋じゃなかった、今度こそが初恋だと思い直して毎回新鮮な初恋に挑んでいるのかなって考えたりもしましたね。

一青　私はインタビューなどで、いろいろな時代の恋をお話ししているのですが、今回は短歌において私が初恋と思うことを歌にしました。

俵　今回題を考えたのは私で、恋の題っていうのは昔からたくさんあるんですが、限定した方がいいかなと思って、「初恋」は多分みなさん経験があるだろうということで選び、「冬の朝」も少し限定した方がおもしろいだろうと。あとは動詞を入れてみようかと思って「走る」ですね。動詞の題は珍しいかもしれません。

題「初恋」

誕生日、色鉛筆に思い込め連結部から手渡しをする　窈

俵　今回これが一青さんの初恋なんですね。
一青　この歌が一番自信なくて、わかりにくいかと思ったんですが。
斉藤　電車のつなぎ目から誕生日プレゼントの色鉛筆を渡したってことでいいんですよね？
一青　はい。そもそもこの連結部を渡ってはいけないというルールが私の学校だけだったのかもしれないというのがあって……。
斉藤　あぶないから？
一青　そうです。これは色鉛筆からもわかると思いますが、小学生の恋なんです。たまたま好きだった男の子が隣の車輛に乗っていたので、思い切って連結部から渡したっていうことなんですけれど。
俵　それと渡しきれない思いっていうのが、絵柄的に重なるところがおもしろいですよね。私は最初「色鉛筆」は、それでカードでも書いているのかなって読んでしまった。そうで

はなくて、色鉛筆そのものなんですね。

一青　すごく電車が好きな男の子で、よく電車の絵を描いていたので、色鉛筆を渡してさらに描いてもらおうという願いをこめたんです。

斉藤　色鉛筆と連結部の取り合わせ、おもしろいです。

俵　多分思いがこもっていることは書かなくてもわかると思うので、情景がもう少しストレートにわかるようにしたら、いいんじゃないのかな。

斉藤　そうですね。構図だけでもおもしろいし、思いが伝わると思います。

一青　これ頭を「おめでとう」にしちゃうと、だめでしょうか。

斉藤　広がりも出るし、いいんじゃないでしょうか。

俵　誕生日じゃなくても、読む人にはお祝いする気持ちというのが伝わればいいので、いいと思いますよ。意外だったのは、一青さんは全部題の言葉は中に入れずに作ってこられたんですね。

一青　あっ、入れるものだったんですか？

俵　いや別に入れても入れなくてもいいんですよ。もっと抽象的な題だったらどういう使い方にせよその言葉を入れましょう、というのがあるんですけれど、そうじゃないとその題で詠んだというのがわからないので。私だけえらい律儀に入れてしまいました（笑）。

斉藤　テーマ的なお題なのかなと思ったので、私も入れてない歌があります。

藤棚に夏を呼ぶ風　初恋は初失恋となって終わりぬ　　万智

一青　藤っていつの季節だったかしら。

俵　咲くのは夏の手前、五、六月かな。その後、緑の葉っぱが繁るのは初夏ですね。

一青　私この最後の「ぬ」っていうのがなかなかうまく使えないまま終わりそうな気がします（笑）。

俵　完了ですね。同じ完了でも「り」だと「終われり」になって、もうちょっと感慨深いという感じですね。「終わった」っていうよりは、「終わってしまった」と錘がつくような感か、「終わっちゃったことだなあ」みたいになります。現代語だと「た」しかないんですよね。気持ちをこめる場合に、古語の過去を表す助動詞は使い出があると感じます。

一青　ニュアンスが出るんですね。

斉藤　夏の藤棚を持ってきたところが手柄ですね。なんてえらそうに言ってしまいましたが。無記名の、作者がわからないまま言いたい放題言う歌会に慣れているので、ちょっとやりにくいです（笑）。これは咲いているときの藤棚ではなく、すき間から強いひかりが差してくる夏の藤棚なんですね。「初失恋」はもちろんすごく悲しいんですが、でもその失恋は、梅雨の終わりから夏へと向かう始まりでもある。苦くて甘酸っぱい、さわやかで力強い感じがして、ああ、まさに初恋だなあ、と。

俵　私自身「初恋」という題を自分で出してしまってからしまったと思ったんですが（笑）、初恋が初失恋になったというのはもちろん自分のことを思い浮かべて書いたんですけれども、でも大体初恋って誰にとっても初失恋じゃないのかなって思えたんですね。そういう気づきは題詠をしていておもしろいことです。確かに「初恋」の生命力、無防備な力強さみたいなものは、秋のもの悲しさと重なる失恋とは違う感じですね。藤棚には個人的な思い出もあって、告白するイメージにも重ね合わせられたらなあと思ったんです。

一青　私は短歌で色が描ききれなかったんですけれど、この歌を見ると、光や若々しい緑の感じが伝わってきてなるほど！　と思いました。

かわいくていさぎいいけど片思いしないで済んだタバコ吸うから　斎藤

俵　彼女がタバコを吸っているから好きにならなくて済んだという、初恋未満ってことですね。これを初恋って位置づけていること自体がおもしろい。失恋しないで済む最良の方法は、恋をしないことですものね。その辺を詠んでいるのかなと思ったのですが。

一青　タバコを吸わないでいて欲しかったっていう気持ちがあるんですか？

斉藤　う～ん（笑）。

俵　考えていくと複雑な心境ですよね。好きになりそうな人の思わぬ欠点を見てしまったときに、ほっとするような、ちょっとさびしいような……。

一青　これが理由で思いを寄せるのをやめてしまうというところがまさに初恋らしい感じがします。今ではこんなごときって思えるけれど、その時は若さゆえにやっぱり女子には吸って欲しくない、みたいなまごまごしたところがすごく(笑)。

俵　そこでひるんでしまったというところがね。

一青　そこから斉藤さんのその時代が思い浮かべられます。大体恋って終わってしまうと、それでよかったって思いますよね。いろんな理由がありつつ、これはひとつの経験として通り過ぎていくんだっていう。あ、でもわからない。男性と女性と違うのかな。私は、そう思えるんですけど。

斉藤　男性の方が引きずりますよね……(笑)。

一青　それがこの歌の中の「けど」というところに、集約されているような気がします。

俵　こういう一歩手前の躊躇した感覚を、女子だったら初恋として覚えてもいないかもしれない(笑)。

斉藤　いやでも、むしろ始まらない方が変に覚えていたりしませんか。実際始まって終わってしまえば一応けりはついているけれど、始まらなかったからこそ記憶にのこるというか……。

俵　若山牧水の歌に〈うら恋しさやかに恋とならぬまに別れて遠きさまざまの人〉ってありますよね。そういう感情でしょうか。

一青　藤沢周平さんの小説を映画化したものの主題歌を三回歌わせてもらったのですが、どれも実らなかったけれども、恋だったようなという感覚のものでした。斉藤さんの歌も、そういうことなのかなって思ったんですけれど。

俵　そう思うと実に男子らしい初恋の歌だと（笑）。

一青　片思いの手前で引き返したのに、ここまでふくらませられるっていうのがすごいなと思います。

題「走る」

ありがとうを言うのがいつも遅くって点滅すれば小走りになる　斉藤

一青　点滅、これは信号機ですよね？

俵　なんかこう、間の悪い男って感じがしますね。信号が変わるような外部のきっかけで、やっと心が出せるっていう感じがすごく出てます。

一青　でも言えるんですものね。言わないで過ごしてしまうこともあるわけじゃないですか。

俵　「小走りになる」は、実際自分が小走りになるというのと、ありがとうの手渡し方も早口になっているというのが、題の「走る」に重なっていておもしろいなと思いました。

斉藤　えっと、作者としては、この歌の上と下はあまりつながってないんです。

俵　信号が点滅して小走りになるように、「ありがとう」を言うタイミングがいつもそんな風になってしまうということなのかな。

斉藤　「ありがとう」を早く言いたくないいんですよね。してもらってすぐに「ありがとう」を言うと、気持ちじゃないみたいな感じがして。

俵　反射で言っているみたいな？

斉藤　そうです。ちゃんと「ありがとう」っていう気持ちを作って言うと、絶対遅れてしまう。でも信号が点滅すると、何はともあれ走る俺。そんな感じでしょうか。

俵　点滅したら小走りにならず、立ち止まって次の青を待つ人もいるわけですよね。でも俺は小走りになるんだ。

斉藤　なっちゃうんですよね。先日、「成功哲学」みたいな本を読んでいたら、「大物になるには、何があっても走るな」って書いてあったんです(笑)。心がけてはみたんですけど、信号が点滅してると、急いでなくてもやっぱり走ってしまう。大物への道は遠い(笑)。

運動会　走れるだけでいいという親はいなくて声援送る　　万智

一青　お母さんの目線ですね。これは気づかなかった。
俵　一昨日ちょうど運動会だったので。
斉藤　客席は親だらけで、みんなムービーを構えていたりするんでしょうね。作中主体ももちろん親で、まわりの親たちの声援をちょっと引き気味に見ながら、しかしわが子に声援を送る。その出し入れの感じがおもしろいです。あと、「運動会」の後の一字空けから、なんだか漂ってくるものがある。ふつう、初句に状況をあらわす言葉を置いて一字空けというのは、初心者っぽいのであまりやらないほうがいいんですけど、この歌の場合、全体を俯瞰しながら、でも自分も全体の一人でもあるという、そのことに対する複雑な思いが、この一字空けから漂ってくるような気がするんです。
一青　運動会って大正解がない国語の授業なんかと違って、勝ち負けがはっきりしていて気持ちがいい場面だと思うんですが、そういうスカッとした瞬間にいろんな気持ちを持っている親がいるっていうのが、いいなあと思いました。
俵　子供が走って親ががんばれって言っている、状況としてはほんとによくある状況に、ちょっと自分としては違和感がある。自分も応援しているわけだから、ほんのちょっとなんですけどね。生まれたときは息をしているだけでありがたい、それが立っただけで素晴らしい、走っただけでもう何もいらないって思ってたのに、だんだん欲深くなって走るなら一等がいいみたいになって（笑）、自然なことなんだけれど、自戒をこめて……。

斉藤　「そうだバンザイ生まれてバンザイ」とか、いろいろ思い出しますね。俵さんのご出産の頃からわれわれ読者は歌を読んできているので、お子さんの成長とか、それを見つめる作者の気持ちの歴史とか、いろいろ重ね合わせてしまいます。

俵　確かに歌って、作ったのはその日のその瞬間だけだけれど、思いが出てくるまでには積み重ねがあってそれがふっと出てくるんだっていうところがありますね。

徒競走速くないのに敵視されスタートラインで眼つけられる　窈

一青　私、すごく足が速いといつも思われるんです。

俵　そんなイメージありますね。実際の自分と周りから見えている自分の落差みたいなものでしょうか。

斉藤　たしかに、すごく敵視されてる感じ、出てます。

一青　負けないわよビームを出されるんですよ。めらめらと。

斉藤　歌のつくりも「速くないのに」「敵視され」、しかも「眼つけられる」という。幾重にも厚塗りされたライバル心という感じで、迫力がありますね。

俵　それは無駄だよって心で思ったりするわけですか？

一青　そうですね。用意スタート！　で走り始めたらすぐ、あきらかに五人いれば四人は前に行ってますから。ほんとに拍子抜けなんです。

斉藤　上の句の「敵視され」は、特定の一人から敵視されてる感じですが、下の句の「眼つけられる」には、並んでいる何人もに意識されてる、スタートラインの感じがよく出ている。内容的には同じことを言っているんだけど、下の句で「敵視」が増幅されて、より具体的に立ち上がってきていて、おもしろいです。

俵　スタートする前の心理戦ですよね。

一青　一首に漢字が多くて、バランスが悪いなあと思ったんですが、そういう場合平仮名にひらいた方が、幼さが出てよかったりするんでしょうか。「ときょうそう」とか。

俵　いや。そのままでもいいのではないかな。他には「速く」をひらがなにするとか、徒競走の後に一字空けをして、漢字と漢字が合体しないようにする方法もありますね。

題「冬の朝」

駅までのいっぽん道のおちこちのゆうべ見た夢むしかえす湯気　斎藤

一青　私「おちこち」の意味がわからないです。

斉藤　あちらこちら、あちこちの意味ですね。

一青　昔の言い方なんですか？

斉藤　そうですね。漢字で書くと「遠近」もしくは「彼方此方」。

一青　湯気が立ちこめる道ってどういうことでしょうか？　昼間すっていた熱をもわって出している感じなのかしら。

俵　このむしかえすは両方にかかっているんですよね。むしかえす朝の「湯気」と、その夢のことを自分の心の中で反芻している……。湯気の中に昨日の夢の残像があるような感じですね。

一青　湯気がもやもやしている感じが、夢の中の吹き出しのもやもやのようで、おもしろいですね。むしかえすってことはあまりよからぬ夢だったんでしょうか？

俵　そうですね。むしかえすはいいことには使わないですものね。

一青　あんまり思い出したくなかったことを思い出させるような一本道だったのでしょうか。

斉藤　駅まで行くときって、結構考えごとをするなあと思って。思い出せそうで思い出せない夢という感じですね。

一青　その夢を知りたい……（笑）。

俵　冬の朝の、頭が冴えるような寒い中を駅まで歩いているんだけれど、その情景に昨晩の夢のむしかえしが重なっていますね。序詞っぽくも読めるんですよね。

一青　序詞？

俵　「駅までのいっぽん道のおちこちの」までが、とっちらかった夢のイメージを序としてひっぱり出してくるわけですね。

一青　「ゆうべ」っていう言葉も短歌っぽいって私は思いました。「ゆうべ」ってあまり使わない。「昨日の夜」になってしまう。この言葉の美しさは忘れていたなあって思いました。

俵　直接掛かっているのは駅までのいっぽん道のおちこちの「湯気」なんですよね。そして、あちこちにゆうべみた夢が落っこちているのが残像として現れている。一首が「の」でうまくつながり、定型が支えている歌ですね。

オハヨウの吐く息白き冬の朝　仙台、北京、コペンハーゲン　万智

俵　「冬の朝」って入れたのは私だけですね。

一青　コペンハーゲンってどこでしたか？

俵　デンマークです。かなり寒いところです。

一青　寒い寒い寒い、のトリプル重ねですね。

斉藤　コペンハーゲン。地図で言うと、どのへんでしたっけ？

俵　かなり緯度は高いですね。

一青　「オハヨウ」のカタカナが吐く息っぽくていいですね。

斉藤　もし無記名だったら、谷川俊太郎さんの「朝のリレー」のように、仙台に北京にコペンハーゲンに、それぞれの朝があり、それぞれ現地の人の暮らしがあるという、映画と言うか、衛星中継みたいに読める。でも俵さんの歌で「仙台」とあると、いまお住まいが仙台だという前提で読みますからね。作中主体はいま仙台の冬の朝にいて、むかし行った北京やコペンハーゲンの冬の朝の息の白さを思い出しているという、そっちの読みにも引き寄せられる。三人称的な読みと一人称的な読み、衛星中継のような感じと個人的にいま思い出してる感じ、両方の味わいがあって、すごく広がりがありますね。「オハヨウ」のカタカナ書きも、冬の朝の息の白さの感じが出てると思います。

一青　コペンハーゲンの人、「オハヨウ」って言いそうですよね（笑）。イメージですけど。

斉藤　（笑）。

俵　そうですね。確かに作った背景には、今自分が寒い息を吐いている、北京の人も同じように、コペンハーゲンの人も同じように、という現在の横のつながりと、北京とコペンハーゲンは自分が行ったことのある都市の中でとても寒いところだったという記憶と、両方がありますね。余談ですが、昔コマーシャルソングで、「ミュンヘン、サッポロ、ミルウォーキー♪」というのがあって、子供心におもしろいなあって思っていて、後で知ったんですがそれは要するにビールが出来る都市を結んだ歌だったんですね。谷川さんの「朝のリレー」と言ってもらって、その本歌取りの方がきれいなんですけど（笑）、実はその

CMなんですよね。

指先をレンジでちんした牛乳であたためながらホットミロ飲む　窈

俵　この指先をあたためるというのは？　爪をいたわっている？

一青　いえ。ちんすると、器も熱くなってしまいますよね。それを手に持ってということです。

俵　それくらい手がかじかんでいて、啄木が電球に触ってあったかいと感じたように、ちんしたマグカップのようなもので指先があたたまるということですね。

一青　そうか。マグカップじゃないと、牛乳に指を入れているように思われちゃうのかしら。

斉藤　そうなんですよ。四句目までは、ふつうにマグカップを持っているのかな、と読んでいたのですが、「ホットミロ」でわからなくなったんです。あれあれ、液体が二つあるって。ホットミロを作ったら牛乳がちょっと余ったので、余った牛乳に直で指先を入れている、そんな絵が浮かんできてしまって（笑）。

一青　そうですね。ホットミロはちんした牛乳で飲みたいってことなんですけど（笑）。

俵　私が変な連想をしてしまったのは、歯が折れた時に、それをそのままつけてもらおうと思ったら、お医者さんに行くときに、大人だったら口の中にそのまま入れていけばいいけど、子供だと危ないので洗わずに牛乳につけて持っていくといいというのを、つい数日前に聞いたので。そうすると歯が保護されてくっつくらしいんです。それでもしかして牛乳は爪にもいいのかな、と（笑）。

一青　なるほど（笑）。

俵　それは置いておいて、あったかいマグカップで指先をあたためているというのは、冬の朝を切り取る光景としていいですね。ですから牛乳とホットミロが二種類の飲み物だと思われないように、マグカップを入れてみるとか……。

斉藤　ここは確かに「マグカップ」にしたほうがわかりやすいですし、マグカップにしないと意味が通らないというご意見もあって然るべきだと思うんですが。でも、あえてマグカップを省略して「牛乳であたためながら」と表現することで、牛乳の熱がカップごしにびんびん伝わってくる感じがよく出ていて、私は好きなんですよね。出来れば残したい気がします。

一青　ホットミロを擬音とかにしてしまった方がいいのでしょうか。「ひたひたと飲む」とか？　でも、やっぱりわかりにくいかな。

俵　確かに液体だけをちんするということはありえないから、牛乳をちんするってことは器があるわけで、ここを生かしてもいけますよね。

一青　「ホットミロうまい」とかにしても駄目ですか。

斉藤　でも、いつミロを投入したのか問題が残りますよね（笑）。

一青　そうですね。ミロは指先をあたためながら入れます（笑）。

俵　そうすると「ホットミロとかす」「ホットミロつくる」？　あるいは「あたためながら飲む○○」にするとか。○○が「冬の朝」じゃ、まんますぎるけれど……。「牛乳」と「飲む」が離れているからちょっとわかりにくいのかもしれませんね。それを近づければもう少し文脈としてわかりやすくなると思います。

題詠を終えて

俵　おもしろい歌が集まったのでよかったと思います。今回は三人ですが、結社などで百人二百人の人が抽象的な題で歌を作ることがあるんですね。そういう時によく言われるのは、まず同じ発想のものは打ち消し合ってしまうので、高得点を目指すのであれば、人がしない発想をしないといけないということです。今年「心の花」という私の入っている結社では、夏の二百人くらい集まる大会で「南」という題が出されたのですが、夏に集まって「南」という題だと、南島で果てるというような戦死した人の歌がすごく多かったんです。でもそれはそれで尊いことのような気がしました。夏に南という題だったら、歌うのはこれしかないと思う人がこれだけいたということだから。それはそこで変に奇をてらうことはないと思います。逆に以前「島」という題が出たとき、普通の島じゃ駄目だろうと思った人がたくさんいたのか、臓器の一部のランゲルハンス島ってあるじゃないですか、その歌が結構いっぱいあって……。

斉藤　それでかぶっちゃうと恥ずかしいですね（笑）。

俵　一人だけならいいけれどね。

一青　「花」という大きな題もあるんですか？

俵　ありますね。

一青　日本人的には桜が一番多かったりするんでしょうか。

俵　昔はそうかも知れないけど、今はどうでしょう。

一青　桜で卒業を思い出したりするのは、日本人ならではですよね。それを思うと、たくさんの人に歌を聴いて欲しいなあと思った時、花って何になるんだろうと考えるんですよね。

俵　国によって思い浮かべる花って違いますものね。

一青　先程出た「ランゲルハンス島」のように、他の人とちょっと違ったものを出そうとした時に、短歌のデータベースみたいなものってあるんですか？　歌詞だと例えばネットで検索すると桜ではバババッとたくさん出てきますが、つつじだと一つもヒットしない。じゃあつつじにフォーカスして書こうと考えたりするのですが。

俵　歌語辞典というのはありますね。でもネットでは短歌はあまり出てこないかもしれません。

斉藤　僕は最初題が「初恋」と聞いて、どうしようかと思ったのですが、おもしろかったですね。一青さんの歌って、連載を読んでいても思っていたのですが、ところどころとぐろを巻いている。今回の歌で言えば、連結部からにゅっと手が出てくる感じとか、徒競走の歌の敵視されて眼つけられるとか、とてもおもしろかったです。

一青　そのうずまいている感じを、丁寧にしかも的確に俵さんが解きほどいていってくれるのが、私はすごく楽しかったです。あと、今回はあらかじめ作っていくというものでよかったです。その場で作ってくださいではなくて。

俵　それは大変ですよね。

一青　でも瞬発力も題詠においては必要なことなんですよね？

俵　俳句はたいてい当日の席題でやっていますね。行って出されて、一時間で三句ぐらい作ってというのを普通にやられています。

斉藤　題を出されてすぐ作れますか？

俵　いや、すぐには作れない。

斉藤　無理ですよね。

俵　出された題を持ち歩いて、ぶつかることがないかなって、その緊張感を持って過ごしている時間はいい時間だと思います。

斉藤　そうですね。お題に気持ちがふっと降りてくることがありますね。ラジオやテレビで、番組の当日に題を発表することがありますが、すごくいい歌が来たりして、あれはびっくりです。即詠できる人はできるんだなあ。頭の回転も、気持ちの回転も速いんだろうなあって、尊敬してしまいます。

俵　瞬発力をつけるトレーニングとして、例えば辞書をぱっと開いて最初に出た言葉を用いて作るとか、そういう方法もあると思います。

題詠は同じ題で同じ五七五七七の文字数で作っても、全然違う歌が出てくるっていうおもしろさですよね。結局古典でもそうですけれど、すごくしばりのきつい題であればあるほど、逆にその人の個性が出てくる。細かい状況が設定されているからみんながみんな同じ歌になることは決してなくて、全然違う。百人一首の〈しのぶれど色に出でにけりわが恋は物や思ふと人の問ふまで・平兼盛〉と〈恋すてふわが名はまだき立ちにけり人知れずこそ思ひ初めしか・壬生忠見〉は「忍ぶ恋」の歌合わせの二首で、名勝負として知られていますよね。その時は〈恋すてふ……〉が勝ったけれども、後の時代の人が〈しのぶれど……〉の方がいいじゃないかと言ったり、まだある意味決着がついていないような名勝負も題詠から生まれています。

斉藤　いまの歌会では抽象的な題で、その文字が入っていればいいというのがほとんどで、状況設定型の題詠はほとんどやりませんが、やってみたらおもしろいかもしれませんね。

俵　今回いい歌が出来たので、自分が歌集にまとめるときは他の連作の中に入れて活用してもよし、ですね。そういうのちのち歌集に入れられるような歌が出来れば、その題詠は実りがあったなと思います。

番外編「題詠歌会」のあとに

一青窈さんの改作

こんにちは。今は鎌倉に向かう電車、湘南ラインの中で書いております。座席の前に座っていた高校生の男子が横浜駅で降りる際、彼が倒していたリクライニングシートを戻さずに降りました。たぶん私がテーブルを使ってパソコンをしていたから、気を遣って座席をそのままにしてくれたのでしょう。やさしい春ですね。

早速ですが、続きで御座います。

誕生日、色鉛筆に思い込め連結部から手渡しをする　←

◎おめでとう。越えては行けじ連結部、色鉛筆を手渡しするよ
この「行けじ」という使い方はあっているのでしょうか。
打ち消しの意味で「じ」を使ったのですが。

徒競走速くないのに敵視されスタートラインで眼つけられる　←
◎徒競走はやくないのに敵視されスタートラインで眼つけられる
これは、ひらがなに開いただけです。

指先をレンジでちんした牛乳であたためながらホットミロ飲む　←
◎牛乳をレンジでちんして指先をあたためながら飲むホットミロ
とっても字余りですが、許される範囲内なのでしょうか。

俵万智さんの返信

素敵な男の子ですね。やさしい気分のお裾分けをもらったような気持ちになりました。

誕生日、色鉛筆に思い込め連結部から手渡しをする

↓おめでとう。越えては行けじ連結部、色鉛筆を手渡しするよ

印象的な初句、とてもいいと思います。句点を打つよりも、「おめでとう」とカギかっこにしたほうが、より臨場感が出るかもしれませんね。「じ」は、打ち消し推量、あるいは打ち消し意志をあらわす助動詞です。現代の助動詞だと「まい」が、これにあたります。たとえば「あらじ」だと「あるまい」、「行かじ」だと「行くまい」という具合です。なので、打ち消しにするなら、ここは「越えては行けず」か「越えては行けぬ」ですね。前者だと「越えては行けない。その連結部から……」といったん切れる感じになり、後者だと「越えては行けない連結部」と、なめらかにつながる感じになります。

「色鉛筆」と「手渡し」の位置が近づいたので、全体の意味がすっきりと通りやすくなった点も、いいですね。

徒競走速くないのに敵視されスタートラインで眼つけられる

↓徒競走はやくないのに敵視されスタートラインで眼つけられる

漢字が続くと読みにくいので、ひらがなを適度にはさむのは、私もよく使う方法です。ただ「は」は、助詞の「は」ととられて、かえって「？」となることもあるので、悩ましいところ。この歌の場合だと、初句を「徒競走は」と、一瞬読んでしまいそうになるおそれがあります。「徒競走　速くないのに……」と一字あけにする方法もありますが、ちょっと大げさな感じになりますね。いずれにせよ、こういうところを悩むのは、仕上げの楽しみでもありますので、最後は自分が納得いく表記を選んでください。

指先をレンジでちんした牛乳であたためながらホットミロ飲む

↓牛乳をレンジでちんして指先をあたためながら飲むホットミロ

この歌も、語順を入れ替えただけで、ずいぶんわかりやすくなりましたね。「レンジ」「ちん」と「ん」を含む語は、字余りが気になりにくいので、まったく問題ないと思います。下の句の句またがりのリズムによって「ホットミロ」の印象が、とても強くなったところも収穫でした。

レッスンを終えて

俵　一年半あっという間でしたね。私が教えられることはもうほとんどないので、ちょうどいいタイミングです。

今日の歌も、謎があってとぐろも巻いているけれど、状況がよく見える歌ですよね。最初の頃は一曲分の歌詞になるぐらいの素材を詰め込みすぎていたので、それを三首くらいにばらしてもいいかなという歌もあったんですけれど。一青さんの短歌にはストーリーがあるっていうのかな。それは多分普段歌詞を書いている人の特徴だと思うのですが、だんだん場面を切り取ったり、フォーカスを絞ることに長けてきて、五七五七七の定型に盛る、ほどよい濃さを身体で覚えていかれたと思います。それが始められてから一番大きな違いではないかな。

一青　普段書いている言葉を使って歌を作ると、たとえば小さい「っ」やのばす「ー」は一体何文字にカウントすればいいのだろうとかなり悩みました。でもそれに代わる言葉が語彙としてないから、毎回リズムで当て込んでいる場合が多くて、俵さんの歌を読んでいると美しいなと思う日本語がたくさんあるので、そこが土台の違いなのかなと思いました。自分には五七五七七がしっかり入っていないから、難しかったです。

でも、私が使う擬音をおもしろいと言ってくださったりして、後半はだんだん自信をつけて作ることが出来ました。おもしろかったですし、毎回毎回的確な指示が俵さんからあってありがたかったです。普通の人が読んでもそこまで読みとれないだろうというところまで、俵さんが切り込んでくださるので、「ああ、そこそこ。かゆいところに手が届いている」という気持ちになりました。

俵　私も毎回一青さんから歌が届くのがとても楽しみでした。

それから、いったん五七五七七の形になってしまうと、普通は思い切って手が加えにくいんですよね。いったん形になってしまうとピースがはまったような気持ちになってしまうので。でも一青さんは大胆にざくっざくっと推敲されるので、心地よかったし痛快でした。それは驚きの手応えでしたね。

読み返していて、例えば、

野次写メラー　長く伸びるは　片手のきりん　upupで
あきはばらばら
実作レッスン第二回（P.54）

↓

携帯を高く掲げた秋葉原〈片手のきりん〉助けも呼ばず

の歌の、〈野次写メラー　長く伸びるは〉を〈携帯を高く掲げた秋葉原〉に推敲されましたが、なかなかここまでざくっとは変えられないなあと思ったりしました。意外と思い切りよくご自分の言葉を捨てて、次の言葉を持ってくるので、推敲を見るのがすごく楽しみでした。私は頭の中で一首がまとまっても、なるべく書かないようにするんですよ。書いて出来たって思ってしまうと、安心しちゃって直しにくくなるので。なるべく頭の中に漂わせる時間を長くして、決定稿にするまで引き延ばしているんですね。ですので、文字にした後、これだけざくざく変えられるのはすごいなあと思うことが何度もありました。

それから、オノマトペが自在なのがいいですよね。それはこれからもご自分のひとつの武器にしていってもらいたいですね。あと、マイクが匂うとか割と肉体の美的でない生々しい感じを好んでテーマにされるので、いつもドキドキしながらおもしろかったです（笑）。それも意外な一面かな。

一青　言わずにはいられないというところを、切り込んでいかないと、と思って（笑）。昔からある定型にはめる際に、そのまきれいなものをのっけるのではおもしろくないなあと。先程から出ているとぐろを巻くというのか、どうスパイスをねじ込んでいくかを一生懸命考えましたね。

俵　なるほど、そういう発想だったんですね。短歌だからきれいにするのではなくて、せっかく昔からのものがあるから、今の生々しいものを入れてみようという。そこがやっぱり個性ですよね。普段そういったことを書いたりしがちな人でも、短歌ってなると急に美しくまとめに入る、きれいなところを取材しなくちゃっていう変な先入観があったりするものなんですけれど、一青さんの場合その逆をいっているわけですね。その匂いとかべたつきみたいな身体感覚はおもしろいですよ。だって歌手がレコーディングをする時にマイクが臭いって（笑）、それは本当に現場にいる人じゃないと言えないですよね。でもそうなんだろうなあって。

一青　そうなんですよ（笑）。みんな痛烈にそれを感じながら歌入れをしているはずなんです。

俵　あとは、旅の歌がやっぱりおもしろかったですね。かなりあちこちに行って作られていますが、全く絵はがきのような歌ではなかったのがよかった。カンボジアを詠んだ歌、

苔色の水を分け入る吾が舟にははしゃぎ立つ浮き草の大地や

実作レッスン第六回（P.101）

この歌が出来た時に、これはいいぞって強烈に思いましたね。あとリスボンのファドハウスを詠んだ歌も、情景が思い浮かんで印象に残っています。

ファドハウス男独りが壁の蔦歌も心もはいつくばって

実作レッスン第四回（P.79）

一青　私は旅にカメラを持っていかないので、こうやって言葉で残すっていうことをやってよかったと思いました。

俵　私もあまりカメラを持っていかないですね。撮るのに執着してしまうし、カメラはその時見たものが写るけれど、歌で残せばその時思ったことが写るというのかな。その違いは大きいですよね。たとえ写実的な歌でも、その風景を見た自分を思い出しますから。

　これからも是非、折に触れ短歌を作り続けて欲しいと思います。定型の扱いはよくなったと思うので、あとは一青さんがあっと思う心の揺れに出会った時に、書き留めて形にしていってもらったらすごくいいなあと思います。

一青　できる時とできない時の波がすごくあるんですが、それは俵さんもそうですか？

俵　私もそうです。修行みたいにコンスタントに作る人もいて、それもひとつのやり方ですが、作れる時にたくさん作る、作れない時はあまり無理しないで、でも一応アンテナは張っておくのがいいのではないかな。

　あと今回は連作までは出来ませんでしたが、五首十首二十首とまとめてひとつのタイトルをつけるというのも楽しいですよ。その並び方を考えるのが私は大好きなんです。アルバムを作られる時に歌の順番を考えるようなものだと思うのですが。

一青　なるほど。コンサートにおけるアコースティックコーナーにはどんな歌があたるのでしょう？

俵　技巧よりも思いがストレートに出た歌とかでしょうか。でも、思いがぎっちりな歌ばかりが十首並んでいたりすると読む方も息苦しくなるので、何でもない風景の歌をぽっと間に入れたりしますね。一首一首は出来ていて、でも置き場所によって表情が変わる。この歌の次にこれを持ってくると、見え方が変わるというおもしろさですね。一青さんには旅の歌がたくさんあるので作りやすいと思いますから、アルバムの整理をするような感じで連作にも是非挑戦してみて欲しいですね。

一青　そうですね。トライしてみたいと思います。ありがとうございました。

あとがき

感じる心と、あふれる言葉を持った一人の女性が、短歌という定型に興味を持ち、歌を紡ぎはじめる……。その過程に伴走するような形で、この「実作レッスン」は始まりました。新聞や雑誌の投稿歌を添削したり、推敲のアドバイスをすることは、よくあるのですが、マンツーマンで、しかも一年半にわたって助言を続けるというのは、私にとっても初めての経験です。

はじめは定型と格闘しているように見えた一青窈さん。彼女が、だんだん定型と仲良くなって、自分らしさをうまく出せるようになっていく過程が、この一冊には記録されています。その過程は、短歌のむずかしさだけでなく、短歌のおもしろさ、言葉の不思議さに満ち満ちているものでした。私自身、あらためて、歌を作るって素敵なことだな、推敲って奥が深いな、と感じさせられる場面が何度もありました。

推敲のアドバイスをするときに心がけたのは、決して答えを私が出してしまわないことです。心のなかには、もちろん腹案があるのですが、そこへ誘導してしまっては、私の歌になってしまいます。目の前にある一青さんの作品の、どのへんをどういう方向で手直しするともっとよくなると思うか、それだけを伝えることに徹しました。結果、私の腹案など悠々と越える言葉が返ってきて、おおっと嬉しい驚きを覚えることになるのでした。

ある意味、これほど生々しい創作の実況中継はないかもしれません。定型と仲良くなりたい人にとって、たくさんのヒントが、ここには詰まっていることと思います。

一青さんへの助言は、作品に即したものですが、あらためて振り返ってみると、普遍的な内容がかなり盛り込まれています。初心者の陥りやすい罠、定型に収めるコツ、言葉の選び方、読者に伝えるための工夫……。最後に「私が教えられることはもうほとんどない」と言っているのは、まさに実感でした。これほど多くのことをひき出してくれた一青さん、心から、ありがとう。

俵　万智

俵　万智（たわら・まち）

1962年、大阪生まれ。「心の花」所属。

1986年、第32回角川短歌賞受賞。第1歌集『サラダ記念日』（河出文庫）はベストセラー。

著書は歌集『プーさんの鼻』（文春文庫）、『オレがマリオ』（文藝春秋）、『富士山うたごよみ』（福音館書店）ほか多数。

一青　窈（ひとと・よう）

1976年、東京生まれ。

2002年、シングル「もらい泣き」で歌手デビュー。

以降、すべての作品の作詞を手がけ、代表作に「ハナミズキ」など。

著書に『明日の言付け』（河出書房新社）、詩集『みんな楽しそう』（ナナロク社）、対談集に『ふむふむのヒトトキ』（メディアファクトリー）がある。

短歌《たんか》の作《つく》り方《かた》、教《おし》えてください

俵《たわら》 万《ま》智《ち》　一《ひと》青《と》 窈《よう》

平成26年 1月25日　初版発行
令和7年 6月25日　14版発行

発行者●山下直久

発行●株式会社KADOKAWA
〒102-8177　東京都千代田区富士見2-13-3
電話　0570-002-301(ナビダイヤル)

角川文庫 18365

印刷所●株式会社KADOKAWA
製本所●株式会社KADOKAWA

表紙画●和田三造

●お問い合わせ
https://www.kadokawa.co.jp/（「お問い合わせ」へお進みください）
※内容によっては、お答えできない場合があります。
※サポートは日本国内のみとさせていただきます。
※Japanese text only

ISBN978-4-04-405409-0　C0192

JASRAC 出 1316417-514　◆◇◇

角川文庫発刊に際して

角 川 源 義

第二次世界大戦の敗北は、軍事力の敗北であった以上に、私たちの若い文化力の敗退であった。私たちの文化が戦争に対して如何に無力であり、単なるあだ花に過ぎなかったかを、私たちは身を以て体験し痛感した。西洋近代文化の摂取にとって、明治以後八十年の歳月は決して短かすぎたとは言えない。にもかかわらず、近代文化の伝統を確立し、自由な批判と柔軟な良識に富む文化層として自らを形成することに私たちは失敗して来た。そしてこれは、各層への文化の普及滲透を任務とする出版人の責任でもあった。

一九四五年以来、私たちは再び振出しに戻り、第一歩から踏み出すことを余儀なくされた。これは大きな不幸ではあるが、反面、これまでの混沌・未熟・歪曲の中にあった我が国の文化に秩序と確たる基礎を齎らすためには絶好の機会でもある。角川書店は、このような祖国の文化的危機にあたり、微力をも顧みず再建の礎石たるべき抱負と決意とをもって出発したが、ここに創立以来の念願を果すべく角川文庫を発刊する。これまで刊行されたあらゆる全集叢書文庫類の長所と短所とを検討し、古今東西の不朽の典籍を、良心的編集のもとに、廉価に、そして書架にふさわしい美本として、多くのひとびとに提供しようとする。しかし私たちは徒らに百科全書的な知識のジレッタントを作ることを目的とせず、あくまで祖国の文化に秩序と再建への道を示し、この文庫を角川書店の栄ある事業として、今後永久に継続発展せしめ、学芸と教養との殿堂として大成せんことを期したい。多くの読書子の愛情ある忠言と支持とによって、この希望と抱負とを完遂せしめられんことを願う。

一九四九年五月三日

角川ソフィア文庫ベストセラー

俳句歳時記　第四版増補
（春、夏、秋、冬、新年）
編／角川学芸出版

的確な季語解説と、季語の本質を捉えた、古典から現代までのよりすぐりの例句により、実作を充実させる歳時記。季節ごとの分冊で持ち運びにも便利。行事一覧・忌日一覧・難読季語クイズの付いた増補版。

俳句の作りよう
高浜虚子

大正三年の刊行から一〇〇刷以上を重ね、ホトトギス、ひいては今日の俳句界発展の礎となった、虚子の俳句実作入門。女性・子ども・年配者にもわかりやすく、今なお新鮮な示唆に富む幻の名著。

俳句とはどんなものか
高浜虚子

俳句初心者にも分かりやすい理論書として、俳句とはどんなものか、俳人にはどんな人がいるのか、俳句はどのようにして生まれたのか等の基本的な問題を、懇切丁寧に詳述。『俳句の作りよう』の姉妹編。

俳句はかく解しかく味わう
高浜虚子

俳句界の巨人が、俳諧の句を中心に芭蕉・子規ほか四六人の二〇〇句あまりを鑑賞し、言葉に即して虚心に読み解く。俳句の読み方の指標となる『俳句の作りよう』『俳句とはどんなものか』に続く俳論三部作。

仰臥漫録
正岡子規

明治三四年九月、命の果てを意識した子規は、食べたもの、服用した薬、心に浮んだ俳句や短歌を書き付けて、寝たきりの自分への励みとした。生命の極限を見つめて綴る覚悟ある日常。直筆彩色画をカラー収録。

角川ソフィア文庫ベストセラー

金子兜太の俳句入門　金子兜太

「季語にとらわれない」「生活実感を表す」「主観を吐露する」など、句作の心構えやテクニックを82項目にわたって紹介。俳壇を代表する俳人・金子兜太が、独自の俳句観をストレートに綴る熱意あふれる入門書。

決定版　名所で名句　鷹羽狩行

地名が季語と同じ働きをすることもある。そんな名句を全国に求め、俳句界の第一人者が名解説。旅先の地名も、住み慣れた場所の地名も、風土と結びついて句を輝かす。地名が効いた名句をたっぷり堪能できる本。

今はじめる人のための俳句歳時記　新版　編／角川学芸出版

現代の生活に即した、よく使われる季語と句作りの参考となる例句に絞った実践的歳時記。俳句Q＆A、句会の方法に加え、古典の名句・俳句クイズ・代表句付き俳人の忌日一覧を収録。活字が大きく読みやすい！

俳句、はじめました　岸本葉子

人気エッセイストが俳句に挑戦！　俳句を支える季語の力に驚き、句会仲間の評に感心。冷や汗の連続だった吟行や句会での発見を通して、初心者がつまずくポイントがリアルにわかる。体当たり俳句入門エッセイ。

中原中也全詩集　中原中也

歌集『末黒野』、第一詩集『山羊の歌』、没後刊行の第二詩集『在りし日の歌』、生前発表詩篇、草稿・ノート類に残された未発表詩篇をすべて網羅した決定版。巻末に大岡昇平「中原中也伝――揺籃」を収録。

角川ソフィア文庫ベストセラー

富士山の文学
久保田　淳

日本人は富士山をどのように眺め、何を思い、その思いをどんな言葉に託してきたのか。和歌や物語、詩や俳句ほか、古今の作品に記されてきた「富士山」をたどりながら、日本人との関わりを明らかにしていく。

古典文法質問箱
大野　晋

高校の教育現場から寄せられた古典文法のさまざまな八四の疑問に、例文に即して平易に答えた本。はじめて短歌や俳句を作ろうという人、もう一度古典を読んでみようという人に役立つ、古典文法の道案内！

古典基礎語の世界
源氏物語のもののあはれ
編著／大野　晋

『源氏物語』に用いられた「もの」とその複合語を徹底解明し、紫式部が場面ごとに込めた真の意味を探り当てる。社会的制約に縛られた平安時代の宮廷人達の生活や、深い恐怖感などの精神の世界も見えてくる！

日本語質問箱
森田良行

なぜ「水を沸かす」といわず、「湯を沸かす」というの？　何気なく使っている言葉の疑問や、一字違うだけで意味や言い回しが変わる日本語の不思議をやさしく解き明かす。よりよい日本語表現が身に付く本。

日本語教室Q&A
佐竹秀雄

「あわや優勝」はなぜおかしい？「晩ごはん」「夕ごはん」ではなく、なぜ「夜ごはん」というの？　敬語や慣用句をはじめ、ちょっと気になることばの疑問を即座に解決。面白くてためになる日本語教室！